모두가 헤어지는 하루

모두가

헤어지는

하루

서유미 소설집

창비

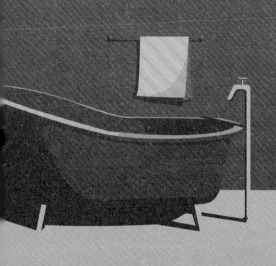

에트르

29일에는 티라미수 케이크가 좋겠다고 생각했다.

달콤하고 부드러운데다가 커피까지 들어 있으니 무의미하게 한 살 더 먹는 어른에게 위로가 될 것 같았다. 코코아 가루가 촘촘하게 뿌려진 사각형의 티라미수 케이크를 감상한 뒤 휴대폰으로 사진을 찍었다. 맛있겠지. 몸은 좀 어때? 동생에게 전송한 다음 매장 안의 진열대 선반을 닦았다.

동생은 출근 준비를 하다가 도저히 안되겠다며 사무실 전화번호를 찾았다. 열이 올라 얼굴이 붉었다. 평소에는 반차 쓰는 게 아깝다고 기를 쓰며 출근하더니 빈속에 감기 몸살 약을 털어넣은 뒤 드러누웠다. 전기장판과 이불 사이에서 그애는 전자렌지에 오래 가열한 인절미처럼 푹 퍼졌다. 차갑게 식은 패딩 점퍼를 걸치며 나도 옆에 누워 천천히 녹아버리고 싶다고 생각했다.

매니저와 쩡은 빵을 종류별로 바구니에 담았다. 손놀림이 신속하고 리드미컬해 어떤 경우에도 서로의 움직임을 방해하지 않았다. 내가 선반을 다 닦자 두 사람이 빵 바구니를 차례대로 진열했다. 주방에서 새어나오는 빵 냄새가 매장 안에 번져나갔다. 고소함은 코끝에 진하게 달라붙었다가 서서히 흩어졌다. 개점을 앞둔 에트르의 풍경은 평소와 비슷했다.

석달 전 지하 이벤트 홀에서 일할 때는 에트르의 갓 구운 빵 냄새가 마냥 황홀했다. 하루에 두번, 냄새만으로도 빵 나오는 시간을 알 수 있었다. 운동화를 팔다가 공기 중에 섞인 고소함을 맡고 싶어서 숨을 깊이 들이마시곤 했다. 화장실 가는 길에 약간 돌아서 매장 앞을 지나칠 때면, 오븐에서 막 꺼낸 듯 통통하게 부푼 페이스트리 모형 위에 비스듬하게 쓰인 'etre'라는 글씨가 부드럽고 나른해 보였다. 저곳의 빵은 비싸고 양이 적지만 고소하고 달콤하지. 브랜드의 로고는 귀엽고 유니폼은 단정하지. 에트르의 빵 냄새를 맡으면 기분 좋은 허기가 밀려왔다. 백화점 아르바이트는 그만하자고 결심한 상태였지만 쩡이 사람을 구한다고 했을 때 에트르에 대한 호감 때문에 흔들렸다. 베이커리 쪽에서는 일해본 적이 없으니까 새로운 경험이 될 것 같았다. 거기에 하고 싶은 일이 있을지도 모른다는 막연한 기대가 등을 떠밀었다.

오픈과 함께 방문한 손님들이 인기 메뉴인 피자바게트와 치아바타, 에그타르트를 한차례 쓸어갔다. 빵을 다시 진열한 뒤 매니저와 쩡이 차례대로 화장실에 다녀왔다. 나는 직원용 화장실에 들어가서 변기 커버를 내리고 걸터앉았다. 동생은 사진과 메시지를 확인했는데도 답이 없었다. 많이 아픈가. 전기장판은 제대로 켜두고 자는 거겠지. 확인하지 못하고 나온 게 마음에 걸렸다.

날이 추워지면 우리는 전기장판부터 꺼냈다. 몇년 동안 쓴 전기장판은 말린 북어처럼 뻣뻣해 제대로 작동이 될까 의심스러웠다. 그런데도 동생과 나는 매년 황토색의 전기장판에 겨울밤을 맡기기 위해 코드를 꽂는 수밖에 없었다. 전원에 빨간불이 들어오고 바닥에 온기가 돌기 시작하면 안도하며 다리를 쭉 폈다. 오래된 전기장판은 해가 지날수록 온도를 더 높여야만 예전과 비슷한 정도로 뜨뜻해졌다. 아침에 일어나면 입고 나갈 옷을 이불과 장판 사이에 넣어두었다. 세수하고 로션을 바르는 동안 한기가 가시길 바랐다.

─몸은 좀 어때.

메시지를 보내놓고 나는 초조하게 답을 기다렸다. 휴식시간은 길지 않았다. 화장실에서 용변을 보고 손을 씻고 가볍게 화장을 고칠 정도의 시간만 자리를 비울 수 있었다. 다행히 메시지를 읽었다는 표시가 떴다.

─아까 집주인 왔다 갔는데 내년부터 보증금이나 월세, 둘 중에 하나 올려달래.

─그래서 뭐라고 했어?

─언니랑 상의해보고 말해준다고 했어.

─얼마나 올려달래?

── 보증금은 1000, 월세는 10.

짤막한 메시지가 긴박하게 오갔다. 집주인이 너무하다거나 이런 일이 생겨서 속상하다, 앞으로 어떡하지, 같은 푸념은 빼고 상황에 대해서만 얘기했다.

서울에 와서 처음 같이 지낼 때는 방을 얻고 아르바이트를 하고 직장을 구할 때마다 많은 얘기를 나눴다. 서울생활에 대한 기대에 비해 서울에 대해 잘 몰랐고 독립에 대해서도 마찬가지였다. 무지와 막연한 희망만이 우리를 끌고 가는 연료가 되었다. 자기 전에 불을 끄고 누우면 고단함이 발끝으로 흘러내려 발바닥이 뻐근했다. 우리는 천장을 쳐다보며 하루치의 좌절과 고충을 가만히 털어놓았다. 넓은 도시에 의지할 사람도 대화 상대도 둘뿐이라 수다는 종종 새벽까지 이어졌다. 신세한탄을 좌절로 마무리하지 않고 희망의 불씨를 붙이기 위해 안간힘을 썼으나 깜깜한 하늘에서 우리가 품은 희망은 폭죽처럼 금세 빛을 잃고 말았다.

독립은 경제적인 것 외에 생활과 고민까지 분리하는 것이라 아르바이트와 취업 준비를 하면서 끼니, 청소, 빨래까지 우리가 다 해결하며 지내야 했다. 돈이 부족하고 사는 게 힘들다고 하면 집에 오라고 할까봐 엄마 아빠에게는 비밀로 하는 것들이 많아졌다. 독립 기간이 길어질수록 아침에는 일어나서 나가느라 정신없고 집에 돌아오는 시간은 늦어져서, 개인적으로 쉬고 자는 시간을 쪼개야 수다 떨 짬이 생겼다. 대화에서 우스갯소리나 그냥 해보는 말, 감정에 대한 얘기 같은 게 점점 사라졌다. 일일 업무 보고를 하듯 변동

사항이나 공지, 공유해야 할 사안에 대해서만 겨우 얘기를 나눌 수 있었다. 1년쯤 지나자 서로에게 제일 많이 하는 말은 그럴 시간에 잠이나 자,가 되었다.

지금 살고 있는 데가 1000만원이나 10만원을 더 내고 살 정도로 괜찮은 건 아닌데. 오래된 단독주택은 양옆의 다세대 주택이 똑같이 생긴 5층짜리 빌라로 변해가는 동안 모르쇠로 일관하며 버텼다. 옆집의 공사 소음과 먼지를 견딜 수 있었던 건 월세가 오르진 않을 거라는 기대 때문이었다. 새 빌라들 사이에 낀 주택은 더 허름해 보였다. 시간이 지날수록 집은 낡고 지저분해지는데 보증금이나 월세가 계속 오른다는 게 이상했다.

이사를 가고 싶은 것과 이사를 갈 수 있는 것은 다른 문제라 보증금을 올리려면 대출을 받아야 하고 월세를 더 내려면 수입이 늘어나거나 지출을 줄여야 했다. 현실적으로는 대출이 불가능하고 더 벌 수도 없으니까 쓰는 걸 줄여야 했다. 그동안 잠도 줄이고 게으름 피우는 시간도 줄이고 말도 줄이고 꿈과 기대와 감정까지 줄이며 살았는데 여전히 뭔가를 더 줄여야만 했다.

—몸은 어떤 거야.

—약 먹고 좀 괜찮아졌어. 이따 출근해야지.

엄마와 아빠에게는 비밀로 하자고 결론 내린 뒤 메시지 창을 닫았다.

전화할 때마다 엄마는 서울이 그렇게 좋으냐고 물었다. 서울이 밥 먹여주냐? 방세 내기도 힘들 텐데 집에 와서 지내라고 했다. 엄마의 말은 다 맞았다. 방세 내는 게 버겁지만 대부분의 일자리가 서울에 몰려 있기 때문에 서울이 밥을 먹여주었고, 힘들어도 아직은 서울에서 사는 게 좋아서 좀더 버텨보고 싶었다. 걱정하지 마 엄마, 우리가 알아서 할 수 있어. 언제나 그렇게 말한 뒤 전화를 끊었다.

매장에 돌아오니 주방에서 나온 피자바게트가 뜨끈한 열기와 냄새를 풍기고 있었다. 쩡과 나는 트레이 앞에 서서 뜨거운 빵을 종이 상자와 비닐봉지에 담았다. 쩡이 빵을 쳐다보며 매니저한테 얘기했어, 했다.

"1월까지만 일하겠다고 했더니 다른 매장으로 갈 거냐고 묻더라."

쩡은 매니저가 어디 있나 눈으로 살피면서도 빵을 실수 없이 봉투에 담았다.

"옮기는 게 아니라 공부하고 싶어서 그만두는 거라고 했어."

매니저는 케이크를 고르는 손님과 얘기 중이었다. 계산과 케이크 포장을 하면서도 눈을 맞추며 능숙하게 응대했다. 그녀는 이런 데서 일하려면 눈과 손과 입이 각각 제 할 일을 하면서 웃는 얼굴을 유지해야 한다고 강조했다. 빵을 파는 것보다 손님이 묻는 말에 친절하게 대답하고, 계산이나 포장을 할 때도 출입하는 손님들에게 웃으며 인사를 건네는 게 더 중요했다. 이곳의 손님들은 섬섬게 물어보고 가만히 기다려주었다. 빵이 제때 나오지 않거나 인사를 제대로 하지 않는다고 언성을 높이거나 얼굴을 붉히는 일은 없었다. 마음에 들지 않으면 조용히 발길을 끊었다.

"매니저가 뭐래?"

나와 쩡은 얼굴을 쳐다보지 않은 채 대화를 이어갔다.

"내 얼굴을 빤히 쳐다보면서 공부? 무슨 공부? 이러는 거야."

쩡은 그 말이 너무 기분 나쁘다고 했다.

나는 비닐에 넣은 피자바게트를 바구니에 옮겼다. 빵이 따뜻해서 비닐 안에 부옇게 김이 서렸다. 치즈와 토핑이 듬뿍 들어간 피자바게트를 좋아하지만 금방 품절되기 때문에 집에 사간 적은 없다. 하루에 세번 나오는데도 포장할 때 구경하는 게 전부였다.

매니저는 쩡이 미간을 찌푸리면 슬그머니 다가와 말했다. 스마일. 손님들이 그런 얼굴 보면서 빵을 사고 싶겠어. 찡그리는 버릇 때문에 모두들 쩡이라는 별명으로 부르긴 하지만 얼굴을 구기는 건 그애의 유일한 불만 표출이었다. 쩡은 궂은일이나 부당한 일도 미간에 힘 한번 준 다음 묵묵히 했다. 허리가 아프다면서 빵이 든 트레이를 번쩍 들어서 옮기고, 쉬는 날에도 매니저가 도움을 요청하면 나왔다. 매니저는 부탁을 들어주는 건 당연하게 여기고 쩡의 굵은 주름만 못마땅해했다. 나는 남에게 일을 떠넘기는 사람의 가식적인 웃음보다 쩡의 정직한 찌푸림이 더 좋았다. 쩡이 바게트 같다는 걸 왜 모를까. 겉으로는 딱딱해 보이지만 마음은 누구보다 약하고 부드럽다는 걸. 바게트에는 바게트의 멋과 맛이 있지. 바게트라고 욕먹을 이유는 없지. 사람들이 쩡의 미간에 담긴 인간적인 면

14

을 알아보았으면, 하고 바랐다.

"나는 공부하면 안돼?"

찡이 또 미간을 구겼다. 공부 얘기를 하니 이따 출근하겠다던 동생 생각이 났다. 동생은 휴학한 뒤 여의도의 변호사 사무실에서 사무 보조로 일하며 저녁에는 공무원 시험 준비를 했다. 그애는 몇년째 여기저기 옮겨 다니면서 아르바이트만 하는 나를 한심해했다. 언니, 언제까지 그러고 살 거야? 자기는 언니처럼 아르바이트로 인생을 낭비하지 않고 제대로 된 곳에 자리 잡을 거라고 했다. 주 6일씩 일하면서 정신없이 사는데 낭비, 같은 말을 들으면 억울했다. 어쩌다 아르바이트로 먹고 사는 인생이 됐지. 새로운 일을 구하고 그곳의 기본적인 시스템을 익힐 때마다 스스로에게 물었다. 내가 일하던 곳, 몸에 익힌 단순하고 얕은 기술들은 다 어디로 간 거지. 사회생활의 경험이라는 그럴싸하고 두루뭉술한 말로 포장해봐도 공갈빵처럼 금방 부서지고 배가 꺼졌다. 면접 보는 사람들도 나이와 이력을 확인하고 나면 비슷한 질문을 던졌다. 왜,라거나 언제까지,라는 말이 빠지지 않았다. 계획과 달리 아르바이트를 계속 하다보니 취업에서 멀어졌다. 여기가 아니라는 걸 알면서 달리 갈 곳을 알지 못해 여기로 떠밀려온 사람의 몸 안에는 낭패감이 두텁게 쌓였다.

매장에 온 손님들은 똑같은 로고가 그려진 커다란 빵 봉지를 들고 나갔다. 거울의 에트르는 방문하는 손님이 약간 줄었지만 매출은 오히려 늘었다. 나는 일하다 가끔씩 진열대 안의 케이크를 쳐다보았다. 화려한 색의 마카롱케이크와 과일타르트 사이에서 갈색의 네모난 티라미수는 엄격하고 고독해 보였다. 한해를 정리하는 의미로 잘 어울리지만 새해 분위기를 내기에는 무거운 것 같기도 했다. 에트르의 케이크를 먹어본 적이 없어서 다른 곳에서 먹었던 조각 케이크의 맛을 떠올리며 상상해봤다.

동생이 마지막으로 보낸 메시지는 케이크는 뭐 하러 사, 특별한 날도 아닌데 돈도 없으면서,였다. 집세 인상 얘기만 들었을 때는 케이크를 포기하려고 했는데 그 말에 오기가 생겼다. 우리는 크리스마스이브와 크리스마스에도 일했다. 나는 이틀 다 에트르에서, 동생은 이브에는 회사에서, 당일에는 겨울 코트 사는 데 보태겠다며 백화점 이벤트 매장에서 아르바이트를 했다. 크리스마스이브에 우리는 퇴근하자마자 엄마와 아빠에게 메리 크리스마스라고 쓴 메시지를 보냈고 전화로 안부를 짧게 물은 뒤 대답했다. 자기 전에는 전기장판 위에 앉아 치킨 한마리를 나눠 먹으며 캔 맥주를 마셨다. 크리스마스 아침에는 같이 버스를 타고 백화점에 갔다. 동생은 마음에 드는 코트를 샀지만 폐점 무렵 이벤트 매장에서 사무실 사람과 마주치는 바람에 기분이 상했다. 상대방은 웃으며 인사를 건넸는데 자기만 당황해서 언니 대신 하루만 해주는 거라고 둘러댔다며 집에 오는 내내 괴로워했다. 버스 안에서 동생은 코트가 든 쇼핑백 손잡이만 말없이 만지작거렸다. 그날 나는 케이크라도 하나 사올걸 후회했다. 매장에서는 크리스마스이브에 이어 당일에도 기념 케이크를 팔았다. 폐점 즈음에는 깜짝 세일까지 했는데 포장하고 계산하느라 정신없어서 깜박 잊고 말았다. 마주 앉아 예쁜 케이크에 초를 꽂고 불을 끄고 소원이라도 빌었다면 크리스마스 기분이 나지 않았을까. 그랬다면 며칠 동안 여러 조각으로 나눈 케이크를 먹는 호사도 누렸을 것이다.

평소에는 끼니를 대신할 수 있는 종류의 빵만 샀다. 입가심이나 기분 전환용 혹은 커피의 맛을 더하기 위해 만들어진 디저트용 빵을 사는 일은 거의 없었다. 얼마나 맛있느냐,가 아니라 얼마나 든든하냐,가 빵을 고르는 기준이었다. 에트르에서 일하는 동안 일곱시부터 시작되는 마감 행사 때 떨이로 파는 빵을 한봉지씩 사는 것은 일상의 큰 기쁨 중 하나였다. 일곱시 10분 전에 매니저는 남은 빵들을 섞어 한봉지씩 묶었다. 나는 하나를 선택하기 전에 투명한 봉투 안에 들어 있는 빵의 종류를 신중하게 살폈다. 엇비슷한 것 중에서 구성이 제일 괜찮은 것을 골라야 했다. 그 봉지 안에 에트르의 대표 메뉴나 평소 먹어보고 싶던 빵이 들어 있던 적은 없었다. 그래도 에트르의 빵이라는 점은 변하지 않았다. 일주일에 두번, 대체로 화요일과 금요일에 에트르의 로고가 그려진 비닐 봉투를 들고 버스에 탔다. 운 좋게 빈자리가 있으면 앉아서 조심스럽게 빵 봉투를 열었다. 배고프고 고단한 밤, 자리에 앉아 이어폰을 꽂고 창밖을 보며 빵을 한입 베어 물 때면 이런 삶도 그럭저럭 괜찮다는 생각이 들었다.

집에 와서 동생에게 빵 봉지를 건네면 책을 보고 있던 얼굴에 잠시 웃음이 번졌다. 그애는 우유와 함께 빵을 아껴 먹었다. 내가 새로운 빵 봉지를 들고 올 때까지 우리는 하루에 한개씩, 암묵적으로 배당된 제 몫의 빵을 먹었다. 동생은 단 걸 좋아하지 않아 담백한 스콘이나 깨찰빵을 골랐고 곰보빵이나 단팥빵은 내 차지가 되었다. 월요일이나 목요일 밤까지 남은 마지막 빵은 푸석하고 찰기가 적었지만 맛있는 상태일 때 다 먹어버리는 경우는 없었다. 이거라도 마음대로 먹자, 싶어서 일주일에 세번 빵을 산 적도 있지만 한두개씩 남아 다시 예전의 패턴으로 돌아갔다.

　매니저가 점심을 먹고 오는 걸 보고 찡과 직원 식당으로 갔다. 오늘의 메뉴가 뭘까. 식단표를 미리 보지 않고 그날의 운을 점치듯 식당에 도착해서 입구에 놓인 식판을 확인하는 게 우리의 소소한 즐거움 중 하나였다. 식판에 담아주는 3500원짜리 밥은 세가지 반찬과 하나의 국, 흰쌀밥으로 이루어졌다. 2주에 한번씩 회덮밥이나 반계탕이 특별식으로 나왔다. 처음에는 입에 맞는 반찬이 나오면 좋았고 점점 식성과 상관없이 평소에 못 먹는 것, 집에서 해 먹기 어려운 음식이 나오면 반가웠다. 가끔 돈이 아까울 때도 있었지만 대부분 먹을 만했다. 하루 두끼 먹는 식사 중 유일하게 균형 잡힌 식단이었다. 아줌마에게 많이 달라고 해서 양껏 먹을 수 있다는 점이 제일 좋았다.

　"벌써 1월 식권 살 때가 됐네."

　찡은 성호를 그은 뒤 밥을 떠먹었다.

　"이제는 제대로 취직해보려고."

　"공부하고 싶다며."

"공부하고 싶은데…… 사는 게 마음대로 돼야 말이지."

우리는 오늘의 메뉴 대신 새해의 아르바이트에 대해 얘기했다. 찡이나 나나 졸업 후 계속 놀 수 없어서 아르바이트를 시작한 케이스다. 3개월, 6개월 일하고 2주 정도 쉬는 생활을 하다보니 서른살이 돼버렸다. 휴대폰 매장과 까페, 옷 가게에서 일했지만 명함 한장 만들지 못했고 이력서에 적을 경력도 변변치 않다. 찡이나 나나 근면 성실했지만 그건 자랑도 자부도 되지 못했다. 기본 중의 기본일 뿐이었다. 주위 사람들도 다 시간을 쪼개고 욕망을 유보하며 살았다. 정신없이 바쁘게 지내왔는데도 서른살의 겨울을 생각하면 인생을 대충 산 것 같은 기분이 들어 초라했다.

찡의 직장 고민에 나는 월세 인상 문제를 털어놓았다. 하루에 가장 긴 시간을 보내는 물리적, 심리적 공간이 외부 환경에 쉽게 흔들린다는 게 사람을 얼마나 불안하게 하고 얼굴을 자주 구겨놓는지 잘 알았다. 자연스럽게 이 문제와 저 문제가 섞였다. 누가 고민의 주체인가는 의미없었다. 우리는 비밀 같지 않은 비밀을 공유했다.

"언니. 올려주지 말고 이번 기회에 알아보는 건 어때."

"그럴까."

대화를 나누니 답답함도 좀 풀리고 나아갈 길도 보이는 것 같다고 느낀 순간 찡과 나의 휴대폰에 매장 빨리,라는 메시지가 떴다. 우리는 서둘러 식판을 비웠다. 점심시간은 언제나 짧았다. 느낌이 그런 게 아니라 실제로 매장 상황에 따라 툭하면 뒤로 밀렸고 예고 없이 중간에 잘렸다. 같이 밥을 먹은 3개월 동안 우리의 대화는 자주 끊겼다. 대화가 언제 중단될지 알 수 없는 조마조마함 속에서 점심과 휴식시간이 지나갔다. 사람들이 기를 쓰고 사무직을 구하는 건 정해진 점심시간이라도 확보하고 싶은 이유 때문일 것이다. 매장 빨리, 메시지가 다시 한번 깜박거렸다.

오후에는 케이크 포장을 맡았다. 진열장 앞에서 초가 몇개 필요한지, 폭죽을 넣을지 말지 물으며 케이크를 고르는 사람들의 얼굴을 유심히 봤다. 축하할 일이 있거나 특별한 날을 기념하려는 사람들의 얼굴에 떠오르는 기대감을 살폈다. 평범한 날에 케이크를 사는 경우도 있지만 누군가의 삶에 존재할 작은 반짝임에 대해 상상해보는 편이 더 좋았다.

집에 대한 고민은 새해맞이 케이크로 어떤 걸 고를까, 처럼 간단하거나 달콤하지 않았다. 그대로 살겠다는 건 돈을 더 만들어야 한다는 뜻이고 이사를 가겠다는 건 서울 밖으로 밀려나거나 큰 방 하나에 거실 겸 부엌이 딸린, 두 사람이 사는 데 필요한 최소한의 공간을 줄여야 할지도 모른다는 걸 의미했다. 휴식시간이 줄어들거나 휴식의 공간이 좁아지는 것, 둘 중에 어느 쪽이 더 견디기 쉬울지 선택하기 어려웠다.

폐점한 뒤 백화점 쪽문으로 나왔을 때 밤공기에서는 겨울 냄새가 풍겼다. 정류장 앞의 옷 가게는 오늘도 불이 꺼졌다. '마야'라고 쓰인 간판이 어둠속에 가라앉아 있었다. 평소에는 늦게까지 오픈 팻말을 매단 채 불을 밝혀두었는데 며칠째 마네킹도 보이지 않고 행거의 옷도 절반 정도로 줄었다. 지난 석달 동안 마야의 쇼윈도에

디스플레이된 옷들을 구경하며 버스를 기다렸다. 이어폰을 꽂고 옷 가게 안에 진열된 알록달록한 옷을 보는 동안 잠시 현실을 잊었다. 마네킹이 입은 옷은 일주일 단위로 바뀌었고 계절을 조금 앞서 나갔다. 일할 때 유니폼을 입기 때문에 옷이 필요하다거나 사고 싶은 건 아니었지만 옷차림이 자유로운 직장에 다니게 되면, 연애를 하게 된다면 저 코디대로 입어봐야지, 상상하곤 했다. 퇴근길의 소소한 즐거움 중 하나였는데 없어진다니 아쉬웠다.

옆 건물의 화장품 가게도 한동안 점포 정리 행사를 하더니 얼마 전에 가게를 비웠다. 가게 유리창에 '임대' 표시가 붙었다. 마야나 화장품 가게 모두 손님이 많아 보였는데 실제로 매출은 얼마 안 된 건지 임대료가 올라 감당하기 어려워진 건지 알 수 없었다. 에트르에서 하루종일 빵 냄새를 맡으며 몇백개씩 팔다보면 불황이 실감 나지 않았다. 인기 메뉴는 금세 품절되었고 마감 시간까지 남는 빵은 얼마 되지 않았다.

버스에서 운 좋게 창가 자리에 앉았지만 음악을 들으며 쉬는 대신 부동산 싸이트에 올라온 사진들을 살펴봤다. 돈에 맞추면 방이 작거나 거실이나 부엌이 좁았고, 크기가 괜찮다 싶으면 교통이 불편했다. 집주인이 제공한 몇개의 사진을 토대로 방의 크기와 채광, 습기, 수압, 하수구의 냄새와 벌레의 유무 같은 것까지 짐작해야 했다. 이런 데 올라온 집들은 아무리 최악을 예상해도 생각지 못한 치명적인 흠을 하나씩 갖고 있다가 이사가 끝난 뒤 슬그머니 모습을 드러냈다. 직접 봐야 한다는 걸 아는데도 늦은 시간에 찾아볼 데가 마땅치 않았다.

집에 도착하니 동생은 책상에 앉아 문제집을 들여다보고 있었다. 방 공기가 다른 날보다 훈훈했다. 나는 씻고 나서 수면 양말을 꺼내 신었다. 처음 샀을 때 폭신하고 부드러웠던 수면 양말은 세탁기에 몇번 빨자 숨이 죽어 납작하고 뻣뻣해졌다. 그래도 일반 양말보다 도톰해서 보온력이 좋았다. 전기장판의 전원을 켜고 담요를 덮고 기다리자 엉덩이와 다리가 천천히 따뜻해졌다. 난방비를 아끼기 위해서 보일러는 일하고 돌아온 저녁부터 잠들기 전까지만 켜놓고, 자는 동안에는 몸과 마음과 꿈을 전기장판에만 의지했다. 집에서 보내는 가장 따뜻한 때는 보일러와 전기장판의 열기가 공존하는 두어시간이었다.

동생이 책을 덮고 바닥에 내려와 앉았다. 에트르의 빵 봉투를 내밀자 가볍게 한숨을 쉬며 받았다. 평소라면 별일 없었느냐고 인사했겠지만 오늘의 별일은 낮에 이미 터졌으므로 더이상 별일이 없기를 바라는 마음으로 서로의 얼굴을 쳐다보았다. 빵을 먹으며 이 집에서 계속 사는 것과 다른 곳으로 옮겨가는 것에 대해, 생각해본 것과 알아본 것에 대해 얘기 나눴다.

30일에는 딸기타르트가 어떨까 생각했다. 모형으로 착각할 만큼 싱싱하게 잘 익은 딸기들이 커스터드크림과 크림치즈 위에 빼곡하게 붙어 있었다. 가격이 비싸지만 상큼하고 부드러운 딸기타르트를 먹으면 기분 전환에 도움이 될 것 같았다.

매니저가 개점 전에 간판과 로고를 닦으라고 해서 찡은 유리문과 창에 세정제를 뿌리고 나는 받침대 위에 서서 통통한 페이스트리 모형과 에트르의 철자를 물걸레로 하나씩 닦았다. 그것들은 원래도 깨끗했지만 물기를 머금으니 조명 아래서 더욱 반짝였다.

화장실에서 같이 물걸레를 빨며 찡이 자기 동네에 괜찮은 집이 있다고 했다. 올 초에 집을 구하러 다닐 때 봤는데 두 사람이 쓰기에 적당해 보여서 기억한다고 했다. 그 집에도 자매가 살았던 것 같아. 찡이 싸이트에 올라온 작은 방 두개와 거실 겸 부엌을 보여주었다. 이 집으로 가면 동생과 방을 따로 쓸 수 있겠구나. 서울에 와서는 줄곧 한방에서 지냈다. 밤에 공부할 일이 있으면 동생은 책상에 앉아 스탠드를 켠 뒤 조용히 책장을 넘겼다. 나는 자다가 코를 골까봐 똑바로 눕지 않았고 고개를 옆으로 돌린 채 눈을 감았다. 방을 따로 쓰게 되면 잠은 어떻게 할까. 아무것도 결정된 게 없는데 나는 하나뿐인 전기장판에 대해 생각했다. 게시물 밑에는 벌써 여러개의 댓글이 달려 있었다. 찡이 쪽지 버튼을 눌렀다. 근처에 사는데 오늘 보러 가도 될까요? 저번에 보고 왔던 사람인데 아는 언니가, 하면서 몇마디 더 붙였다.

점심 메뉴는 회덮밥이었다. 한달에 두번만 나오는 특별식이라 둘 다 기다렸다. 찡은 아줌마에게 많이 달라고 부탁했다. 밖에서 이 돈으로 어떻게 회덮밥을 먹어. 회사에 다니면 밥값도 만만치 않게 들 거야. 우리는 꽤 괜찮은 식사를 하는 듯한 착각 속에서 숟가락을 움직였다. 휴대폰에 알림이 떠서 매니저인 줄 알고 인상을 썼는데 댓글 쪽지가 도착했다는 표시였다. 찡이 화면의 내용을 보여주었다. 오늘은 야근 때문에 어려우니 내일 밤에 같이 집을 보러 오라는 내용이었다. 백화점도 연말 이틀 동안은 아홉시까지 연장 근무였다.

"우리 집 근처니까 끝나고 같이 가자."

연말연시 분위기가 백화점 안에 넘실댔다. 사람들은 한해가 저무는 것에 대한 아쉬움은 옷 안쪽에 숨기고 연휴와 새해에 대한 기대감을 꺼내 머플러처럼 둘렀다. 웃는 얼굴로 팔짱을 끼고 전화를 하고 커피를 마시며 백화점의 따뜻한 공기 속을 활보했다. 찡은 틈틈이 구직 싸이트에 접속해서 이력서 넣을 만한 곳을 찾았다. 그애는 취업을 새해 목표로 잡았다. 이번에는 꼭 제대로 된 회사에 들어갈 거라고 했다. 나는 아직 새해나 목표에 대해 생각해보지 않았다. 서른한살이 되는데 월세 10만원, 보증금 1000만원 인상에 삶이 휘청거리는 현실을 받아들이기 힘들었다. 나에게 진짜 방이 없는 건 아닌데. 엄마 아빠가 사는 집에는 동생과 내가 쓰던 방이 있다. 비록 하나는 창고 비슷하게 변했고 하나만 방으로 남아 있어서 명절 때면 둘이 함께 지내다 오지만, 우리에게도 아무 걱정하지 않고 머무를 방이 있다. 그러나 그건 위안 이상은 아니었다. 그 역시 온전한 내 것이 아니었고 서울의 내 자리는 더 작고 위태로웠다. 나는 일하다가 몇번씩 진열대 안의 딸기타르트를, 비현실적으로 아름다운 케이크의 모습을 쳐다보았다.

일을 마치고 밖으로 나왔을 때 하늘이 유난히 까맸다. 버스 정류장 앞 옷 가게는 텅 비어 있었다. 분리된 마네킹과 뜯어낸 선반만 벽 쪽에 쌓여 있었다. 아침까지만 해도 옷이 남아 있었는데 낮 동안 내부를 다 정리했는지 마야라는 간판만 이곳이 옷 가게였다는 걸 알려주었다. 마야가 완전히 사라지는 게 아니라 어딘가로 옮겨가는 것이기를 바랐다.

31일에는 케이크에 대한 생각을 잊고 지냈다. 그러다 진열대 앞에서 케이크를 고르던 여자 둘이 에트르는 당근케이크가 최고라고 하는 걸 듣고 새해맞이 케이크를 떠올렸다. 하얀 생크림으로 정갈하게 덮인 당근케이크는 담백함과 달콤한 맛이 잘 어우러질 것 같았다.

1월 1일이 백화점 휴무라 어느 매장에나 사람이 많았다. 사람들은 양손에 쇼핑백을 든 채 아래층에서 위층으로, 이쪽에서 저쪽 매장으로 분주하게 움직였다. 행사 매장들의 계산대 앞에 줄이 길게 늘어섰다. 화장실에 갈 때마다 흐름이 느린 인파 속에 껴서 사람들을 둘러보았다. 다들 무얼 그렇게 열심히 고르고 사서 어디로 가는 걸까. 한해의 마지막 날 가장 필요한 게 뭔지 모르겠지만 나만 사야 할 것을 잊어버리고 있는 것 같았다.

이제 매니저는 찡이 얼굴을 찡그려도 와서 스마일, 이라고 말하지 않았다. 시킬 일이 있으면 나를 통해서 얘기했다. 점장과 같이 휴게실에 다녀온 찡의 미간에 굵은 주름이 두줄 잡혔다. 점장이 언제까지 나올 거냐고 물었다고 했다. 2월 말이라고 할까 고민하다가 매니저에게 말했던 것처럼 1월까지 일하겠다고 대답했다고 했다. 그냥 2월 말이라고 할걸 그랬나. 한달 만에 취직할 수 있을까. 어렵겠지. 쩡은 혼자 묻고 대답했다. 후덥지근하고 건조한 공기 때문에 자꾸 목이 잠기고 얼굴이 붉어졌다.

오후가 되면서 에트르도 발 디딜 틈 없이 북적거렸다. 계산을 하려는 손님들과 빵을 고르는 손님들의 줄이 반대 방향으로 길게 이어졌다. 찜해두었던 당근케이크는 진작에 다 팔렸고 딸기타르트도 금세 품절되었다. 남은 건 티라미수와 블루베리요거트 케이크뿐이었다. 처음의 결심대로 티라미수를 사려고 하는데 마감 세일이 시작되면서 매니저가 요거트케이크 앞에 '30퍼센트 세일' 스티커를 붙였다. 직원가인 10퍼센트보다 할인율이 더 컸다. 요거트생크림으로 덮인 원통형의 흰 케이크 위에 시럽에 절인 블루베리가 구슬처럼 둥글게 테두리를 장식했다. 단면을 본 적이 없어 빵과 빵 사이에 블루베리잼을 발랐는지 생크림이나 딸기잼을 바른 건지 짐작할 수 없었다. 가격이 저렴해지는 순간 그 케이크는 내 마음을 더 끌어당기기도 했고 매력이 떨어지기도 했다. 망설이는 사이 티라미수도 다 팔렸다. 롤케이크와 파이류를 제외하면 블루베리요거트 케이크가 에트르에 남은 유일한 케이크가 되었다.

나는 매니저에게 두개의 초와 두개의 폭죽을 넣어달라고 부탁했다. 두개? 왜? 2주년 기념이야? 매니저가 심드렁한 표정으로 물었다. 나는 대답 대신 마른기침을 했다. 민트색의 상자에 검은색으로 인쇄된 에트르의 로고가 산뜻했다.

찡의 동네로 가는 버스는 옷 가게 건너편 정류장에서 타야 했다. 북적거리던 백화점과 달리 한해의 마지막 날 아홉시 즈음의 거리는 한산하고 조용했다. 매장에서는 겨드랑이에 땀이 날 정도로 더웠는데 날카롭고 매서운 바람이 거리를 휘젓고 다녔다. 나는 왼손은 점퍼 주머니에 넣고 오른손으로 케이크 상자를 들었다. 장갑을 가져오지 않은 게 후회스러웠다. 손이 시려서 오래 들고 있기가 힘들었다. 케이크 상자를 바꿔 드는 주기가 점점 짧아졌다. 사차선 도로 너머에서 보는 마야는 간판까지 떼어내서 검은 구멍 같았다.

찡이 우리가 탈 버스 번호를 알려주었다. 세자리 수의 버스 두대와 네자리 수의 버스 한대, 세대 모두 배차 간격이 10분을 넘지 않았다. 방향을 보니 찡과 나는 백화점을 기준으로 동과 서로 나뉘어 살고 있던 셈이었다. 정류장의 버스 도착 알림 전광판에 뜨는 번호를 확인하고 노선도를 살펴봤다. 찡이 말한 정류장의 이름은 꽤 먼 곳에 찍혀 있었다. 얼마나 걸릴까, 가늠해보는데 찡이 팔짱을 꼈다. 언니가 우리 동네 이사 오면 좋겠다. 그러면 버스도 같이 타고 다닐 수 있잖아. 찡은 코를 찡긋거리며 웃었고 나는 동생의 사무실 위치를 머릿속에 그려봤다.

아침에 동생에게 집을 보고 오겠다고 했더니 마지막 날 밤에? 하며 보러 오라는 사람이나 보러 가는 사람이나 다 이상하다고 했다. 서로 시간을 내기 어려우니까. 얼버무리면서 나도 오늘 꼭 가야 하나 싶었다. 버스 안에서 찡과 나는 창가 자리의 앞뒤에 앉았다. 버스가 급정거를 하거나 덜컹거릴 때마다 허벅지 위에 올려놓은 케이크 상자 손잡이를 꼭 쥐었다. 앞에 앉은 찡은 창에 머리를 기댄 채 잠들었다. 나는 창밖의 낯선 거리를 쳐다보며 서울이 얼마나 넓은가 생각했다.

정류장에서 내려 횡단보도를 건넌 다음, 불이 꺼진 건물들 앞을 지났다. 우리는 가느다란 입김을 뿜어내며 걸어갔다. 찡은 거리를 둘러보며 시장이 가깝고 밤늦게까지 장사를 하는데 물가가 싸다고 했다. 그애가 전해주는 이 동네의 좋은 점을 정리하면 가난한 사람들이 살기에 괜찮은 곳, 정도로 요약할 수 있었다. 그런 것과 상관없이 나는 손이 시렸고 가방에 구겨넣을 수 없는 케이크 상자가 번거롭고 거추장스러웠다.

"얼마나 더 가야 돼?"

"거의 다 왔어."

집은 밤에 보러가는 게 아닌데. 당연한 사실이 새삼 떠올랐다. 해가 잘 드는지 바람이 잘 통하는지 보려면 낮에 가야 하는데…… 마음이 급격하게 내려앉았다. 어른이 되려면 아직 멀었구나. 여기까지 왔는데 돌아갈 수도 없었다. 이 추운 날 찡은 앞장서서 걷고 있고, 집을 내놓은 여자는 편히 쉬지도 못한 채 기다리고 있을 게 분명했다. 오늘은 구조만 보자고 생각했다. 그리고 마음에 들면 낮에 동생과 같이 와보자, 그게 모두를 위해 좋은 방법이었다.

대로변을 지나 골목으로 접어들었을 때 나는 눈앞에 펼쳐진 풍경에 좀 놀랐다. 동생과 살고 있는 동네의 풍경을 복사해서 그대로 붙여넣기한 것 같았다. 한번도 와본 적 없는 낯선 동네의 골목이,

한참 떨어져 있는 곳과 이토록 닮아 있다는 것이 이상했다. 익숙해서 정겨운 것이 아니라 이곳도 그곳 같을지 모른다는 점 때문에 스산했다.

골목에서 한번 더 꺾었을 때 찡이 이 집이야, 했다. 3층짜리 다세대 주택들이 골목 끝까지 죽 늘어서 있었다. 두번째 집의 검은 대문 앞에서 찡은 여자에게 메시지를 보냈다. 나는 케이크 상자를 내려놓고 두 손을 점퍼 주머니에 넣은 뒤 몸을 움츠렸다. 찡이 여자와 대화를 주고받는 동안 동생에게 집 보러왔다고, 주택의 2층인데 겉에서 보기에는 나쁘지 않다고, 케이크 샀으니까 밥 먹지 말고 기다리라고 메시지를 보냈다.

휴대폰을 들여다보던 찡의 미간이 찌그러졌다. 어떡하지. 이 여자 야근하는데 아직 집에 못 왔대. 열시인데 아직도? 누구를 향한 것인지 알 수 없는 분노가 올라왔다. 숨을 쉴 때마다 입김이 거칠게 쏟아졌다. 마지막 날 야근을 시키는 회사와 해가 바뀌면 집세를 올려달라는 집주인과 장갑을 챙기지 않은 나의 부주의가 다 못마땅했다.

일단 2층에 올라가보자. 대문을 열고 계단을 올라가자 화들짝 놀란 것처럼 센서 등이 켜졌다. 현관문은 위아래 이중 잠금이고, 방 두개 다 방범창 돼 있고, 이쪽에는 화분도 놓을 수 있겠다. 현관문과 창문 앞에 서서 나는 싸이트에 올라왔던 사진을 떠올렸고 문 너머의 실제에 대해 상상했다.

난 우리 동네라 가까우니까 괜찮은데 언니가 헛걸음해서 어떡해. 쩡은 이게 다 자기 탓인 듯 고개를 숙였다. 아니야. 네가 나 때문에 고생이 많지. 어차피 집은 낮에 봐야 되니까 다음에 또 오지 뭐. 쩡과 나는 계단을 내려오면서 미안함과 위로를 주고받았다. 쩡의 코끝이 붉었다. 하얀 입김이 계단참 옆으로 계속 흩어졌다. 감기가 오려는지 침을 삼킬 때마다 목 안이 따끔거렸다. 나는 몸을 조금 떨었다. 얼굴과 손처럼 옷 밖으로 드러난 부위가 시렸다. 케이크 상자를 다른 손으로 옮기려다가 손잡이를 놓쳤다. 민트색의 상자는 바닥에 떨어지며 옆으로 누워버렸다. 쩡과 나는 나지막이 탄식했다. 상자를 집어들면서 나는 그 안의 케이크가 얼마나 뭉개졌는지 생각하지 않으려고 애썼다. 버스를 타고 30분 정도 왔으니 집에 돌아가려면 한시간도 넘게 걸릴 것이다. 두어시간 후면 한해가 가고 한살을 더 먹는다는 게 믿어지지 않았다. 나는 케이크 상자를 품에 꼭 안았다.

* 제목은 etre(존재)에서 가져왔다.

개
의

나

날

남자는 자신을 변호사라고 밝혔다. 내 연락처를 어떻게 알아냈는지에 대해서는 말하지 않았다. 전화벨이 울린 건 오전 열시쯤이었고 처음 보는 유선 전화번호로 걸려왔다. 느낌이 이상해서 받을까 말까 망설이는 사이 전화는 끊어졌다. 인상을 쓰며 일어나 담배를 꺼내 물었을 때 다시 벨이 울렸다.

남자는 잠시 침묵하더니 장영준 씨를 아느냐고 물었다.

"장……영준이요?"

목이 깔깔해서 소리가 잘 나오지 않았다. 재떨이 대용으로 쓰는 깡통 안에 가래침을 뱉었다. 과음은 몇달째 이어졌다. 술에 취하지 않으면 잠들기 어려웠다. 불면은 술을 부르고 과음은 뒤숭숭한 꿈과 숙취와 기억력 감퇴를 이끌고 왔다. 장영준이라…… 생각나는 얼굴은 없는데 딱 잘라 모른다고 하기에는 묘하게 달라붙는 데가 있었다. 머릿속에서 지읒으로 시작하는 명단을 넘기는 동안 남자가 엄마의 이름을 댔다.

"조인아 님이 어머니 되시죠?"

그제야 장영준이 누구인지 생각났다. 얼굴은 여전히 떠오르지 않고 그가 자주 입던 운동복만 기억났다. 15년 전의 모습이었다.

남자는 신분증을 가지고 다섯시 전까지 강남의 사무실로 오라고 했다. 경찰이 아니라 변호사라는데도 신분증 얘기는 꺼림칙했다. 왜요? 무슨 일인데요? 경계심 때문에 목소리가 퉁명스러워졌다. 귀찮은 일에 휘말리는 것도 싫고 시내에 나가는 것도 귀찮았다. 저녁에 일이 두건이나 있어서 강남까지 갔다가 오려면 서둘러야 했다. 이동 경로를 그려보는데 보이스 피싱일지도 모른다는 의심이 뒤통수를 탁 쳤다. 전화를 끊으려는데 남자가 장영준이 죽으면서 남긴 게 있으니 찾아가라고 했다. 그의 목소리는 사무적인데도 묘하게 침통했다.

"장영준이, 죽었다고요?"

'죽었다'와 무언가를 '남겼다'는 각기 다른 방향에서 달려와 충돌했다. 엄청난 굉음에 생각이 멈추고 의심의 고리가 툭 끊어졌다. 남자는 전달할 물건이 서류봉투인데 내용물을 열어봐야 알 수 있다고 했다. 일단 그가 불러주는 주소를 머릿속에 구겨넣었다. 오래전에 장영준이 유치원 놀이터에 나타났을 때처럼 가슴이 뛰고 손에 땀이 났다. 남자는 장영준이 죽기 전에 나를 보고 싶어했다고 덧붙였다. 그 말은 충돌 지점 위에서 연기처럼 피어올랐다. 전화를 끊고 나서야 그가 왜 죽었는지, 나에게 뭔가를 남긴 이유가 뭔지 궁금해졌다.

　발그레하게 익은 홍합은 여자의 성기와 닮았다. 조는 실실거리며 통통하게 벌어진 주홍빛 살을 젓가락으로 쿡쿡 찔렀다. 그릇 안에 든 걸 죄다 찢어놓은 다음에야 계란말이를 집어먹었다. 나는 조가 헤집어놓은 걸 발라내서 질경질경 씹어 먹었다. 비릿하고 쌉싸래한 맛이 입안에 퍼졌다. 주인은 주문과 상관없이 종종 홍합 국물을 내왔다. 단골을 위한 서비스였지만 초등학생 입맛인 조는 장난만 칠 뿐 먹지 않았다. 나는 생김새나 냄새 모두 지긋지긋했지만 주인이 내오면 남김없이 먹어치웠다.

　"뚱땡이 새끼. 맛있냐? 보기만 해도 막 꼴리지?"

　나는 대꾸 없이 밥그릇을 비우고 남은 국물을 마셨다. 그릇을 내려놓은 뒤 손수건으로 이마와 목덜미의 땀을 훔쳐냈다. 손에서 온갖 것들이 뒤섞인 냄새가 났다. 조는 밥그릇에 침을 뱉더니 사진을 띄운 휴대폰을 내 쪽으로 밀었다. 앨범의 사진을 한장씩 넘길 때마다 과장되게 탱탱한 분홍빛의 몸뚱이, 환희에 찬 표정, 망가에 나오는 미소녀들의 섹스 장면이 숨 가쁘게 이어졌다. 움직이거나 소리가 나지 않는데도 나는 슬쩍 주위의 눈치를 살폈다. 조는 밧줄에 묶인 여자의 사진과 몸에 낙서가 된 여자의 사진, 두 사진의 흥분 요소가 어떻게 다른지 침을 튀겨가며 설명했다.

"너도 사진 업데이트 좀 자주 해. 하고 싶게 만들란 말이야. 하고 싶게."

조는 허리를 움직이는 시늉을 했다. 그는 남자들이 야설과 야동을 찾아다니는 패턴과 꼴리는 지점에 빠삭했고 그게 진짜 여자를 사는 일로 어떻게 이어지는지 훤하게 꿰고 있었다. 나는 무용담 같은 얘기를 흘려들었다. 현실의 조는 여자와 섹스하지 않았다. 어릴 때부터 일본 망가를 보며 성적 환상을 키웠다. 처음에는 작은 키, 왜소한 몸과 성기 때문에 자신이 없고 여자와 잘 기회도 생기지 않아서 혼자 욕구를 해소했지만 돈을 주고 여자를 몇번 산 뒤로 완전히 흥미를 잃었다. 늘어진 가슴, 거무죽죽한 성기는 그가 상상하던 아름다움과 거리가 멀었다. 아무리 몸매 좋은 여자를 사도 구불구불한 털이나 냄새를 피해갈 수는 없었다. 그래서 조는 환상 속에서 크고 거친 남자가 되어 분홍빛으로 매끈하고 순종적인 여자들을 덮쳤다. 그런 상상에서만 흥분하고 남자가 된 기분을 느꼈다. 프라모델의 사진이 나오자 빰과 엉덩이에 정액이 묻은 미소녀들의 얼굴이 사라졌다. 조는 새로 출시된 프라모델을 보여주며 종류가 다른 흥분을 이어갔다. 그는 사람이 아니면서 사람과 비슷한 것에만 열광했다.

나는 날개를 펴고 칼을 휘두르는 모델들의 위용을 건성으로 봐넘겼다. 장이 죽었다는 게, 그가 뭔가를 남겼다는 게 믿어지지 않았다. 사춘기 때는 종종 그런 장면에 대해 꿈꾸었다. 친아빠가 부자가 된 뒤 비밀스럽게 연락을 하거나 나를 찾으러 오는, 부모가 아니더라도 미지의 누군가가 나를 구원하러 오는 상황은 잠들기 전 자주 하는 공상이었다. 어두운 방에 누운 채로 그런 공상을 하며 하루의 찌꺼기를 씻어내고 불안한 마음을 달랬다. 그때 이미 끝났다고 생각했던 동화의 마지막 부분이 다시 시작되려 한다. 히죽 웃자 조가 씨발, 너도 흥분되지? 하면서 다리를 달달 떨었다. 장이 뭘 남겼는지 모르겠지만 쇼핑백 안에 든 게 시시한 것일 리 없다. 돈이든 땅이든 그걸 받고 나면 당장 이 일을 때려치우고 조와 인연을 끊은 뒤 이 동네를 떠날 계획이었다.

자리에서 일어난 조가 담배를 꺼내 물었다. 불을 붙인 뒤 턱으로 커피자판기를 가리켰다. 나는 자동인형처럼 일어나 밀크커피 버튼을 눌렀다. 가게 앞에 플라스틱 의자가 하나뿐이라 조는 앉고 나는 선 채로 담배를 피웠다. 가게에서 거둬 먹이는 누렁이가 발치에 와 킁킁거렸다. 등뼈가 드러나도록 야윈 개를 보자 손님이 음식을 남겨야만 밥을 먹을 수 있다던 연의 말이 떠올랐다. 그 말을 들은 뒤 한숟갈이라도 남겨보려 노력했지만 오래 가지 못했다. 주머니 안에는 먹을 만한 게 하나도 없었다. 밥은 물론 반찬 그릇까지 싹싹 비운 게 미안해서 축 처진 개의 눈을 외면했다. 조가 주머니에서 소시지 조각을 꺼내자 누렁이는 간절한 눈빛을 보내며 발밑에 꿇어앉았다.

"끝나고 연이 년 손 좀 봐야겠어. 그렇지 않아도 손님이 없어 죽겠는데 뭐 하루에 두명만 받아? 동영상은 못 찍어? 누구 맘대로."

조는 연이 눈앞에 있는 것처럼 허공에 대고 주먹질을 했다. 그래도 분이 풀리지 않는지 씩씩대다가 고개를 빼꼼히 드는 누렁이의 콧등을 담뱃불로 지졌다. 소시지를 기대하던 누렁이는 컹 소리를 지르며 위로 뛰어올랐다. 순식간에 일어난 일이라 막을 겨를이 없었다. 마치 내가 담배빵을 당한 것처럼 얼굴이 후끈거렸다. 조의 정수리를 그대로 내려치려다 팔을 붙잡는 선에서 그만 뒀다. 조는 내가 머리 하나 만큼 더 크고 몸무게가 갑절이나 더 나간다는 걸 완전히 잊은 듯했다. 누렁이는 소리를 지르며 날뛰다가 골목 쪽으로 도망갔다.

"뭐냐, 지금?"

조의 눈이 뱀처럼 가늘어졌다.

"심하잖아."

내 목소리는 분노와 두려움으로 떨렸다. 무엇이 더 강렬한지 알 수 없지만 부글거리며 끓어올랐다.

"인상 펴라. 개새끼한테 그런 걸 가지고 뭘 그래."

조가 담배를 튕기며 씩 웃었다. 나는 종이컵을 구겨 쓰레기통에 던져 넣었고 조는 남은 커피를 천천히 마셨다. 뜨겁게 달구어진 프라이팬이 상온에서 식어가는 것처럼 시간이 더디게 흘러갔다.

가볼 데가 있다고 하자 조가 제대로 못 알아들었다는 듯 쳐다봤다. 같이 일한 뒤로 나는 가족을 만나러 집에 간 적도 친구와 약속을 잡은 일도 없었다. 목줄에 매인 것처럼 방과 식당, 까페 부근만 맴돌았다. 낮에는 점심시간을 이용해서 섹스를 하러 오는 넥타이족들을 관리했고 늦은 점심을 먹은 다음에는 까페에서 줄담배를 피우며 계정 관리를 하거나, 피씨방에서 시간을 때우다가 저녁 손님을 관리했다. 조가 호출하면 언제나 5분 안에 튀어나갔다. 무슨 일 때문에 부르는지는 알 수 없었다. 그의 기분에 따라 욕을 먹거나 정강이를 까이기도 하고, 같이 밥을 먹거나 밤새 게임을 할 때도 있었다. 그렇게 1년 넘게 지냈다. 1년이나 그렇게 살았다는 게 한심하기도 하고 1년 밖에 지나지 않았다는 게 이상하기도 했다. 장이나 유산에 대해 얘기하지 않고 엄마를 만나러 간다고 둘러댔다. 조가 손날로 배를 툭툭 쳤다. 뭘 만나든 상관없는데, 늦으면 일당 까는 줄 알아.

지하철역으로 걸어가는 동안 몇번이나 주먹을 꽉 쥐었다 폈다. 누렁이 새끼는 매번 조에게 당하면서도 먹을 게 보이면 다가와 꼬리를 흔들었다. 그걸 이용하는 조보다 멍청한 누렁이에게 더 화가 났다. 튀어오르던 누렁이 생각이 날 때마다 장이 남긴 게 뭘까, 그가 무엇을 얼마나 남겼을까, 열심히 헤아렸다. 그것만이 나를 이곳에서 구원해낼 동아줄처럼 느껴졌다. 그때 엄마가 기다린 것도 동아줄이었겠지. 또 썩은 동아줄을 잡아당기게 될까봐 이리 보고 저리 보고 재고 견주며 골랐겠지. 속물인 엄마, 사람 보는 눈은 쥐뿔도 없으면서 통밥만 재던 엄마, 욕심으로 꽉 차서 주머니가 미어져라 이것저것 쑤셔넣던 엄마. 세상에서 돈이 최고인 엄마의 뻔뻔함이 싫었는데 나는 거울 속에서 종종 엄마의 표정을 본다. 세대와 성별을 뛰어넘어 유전자에 새겨진 속물의 근성을. 그래서 밥 한톨 남기지 않고 배가 터지게 처먹어놓고도 어디선가 음식 냄새가 나면 고개가 저절로 돌아가는 본능의 힘을 거역하기 힘들었다.

　노약자석에 앉자마자 SNS에 접속했다. 오늘은 노출증이 있는 여고생의 사진에 댓글이 많이 달렸다. 팔로잉한 계정의 프로필 사진을 살펴본 뒤 그들이 올린 글, 사진, 공유하거나 리트윗한 글, 다른 사람들과 주고받은 글을 훑어봤다. 관계를 맺은 계정들도 다 비슷한 부류다. 발기된 성기 사진을 올려놓고 항문을 드러내고 정액이 묻은 가슴을 대문에 걸어놓았다. 자기소개도 나 좀 빨아줘, 노예 구함, 섹스하고 싶은 놈에서 크게 벗어나지 않는다. 그런 계정들은 자신의 성적 취향이나 환상을 거리낌 없이 드러내고 더 까발리지 못해 안달이었다. 나는 그들을 낚기 위해서 노출증이 있는 여고생, 강간을 좋아하는 직장 여성, 화끈한 레즈비언, 스무살 색정녀, 물오른 유부녀 등의 계정을 만들어놓고 운영했다. 걸려들지 않으면 목표물을 직접 찾아나서야 했다. 상대의 성향을 파악한 뒤 성기에 대해 칭찬하고 흥분할 만한 단어와 이모티콘을 섞어서 인사말과 쪽지를 남겼다. 그쪽에서 반응이 있으면 미끼가 되는 사진을 보내며 대화를 이어갔다. 사진을 더 보내겠다며 환심을 사고 짧은 영상을 보낸 다음에는 직접 만나자고 유도했다. 낚싯대를 드리울 만한 계정은 점점 늘어났다. 나는 트위터와 페이스북을 오가며 팔로우 신청과 친구 수락 버튼을 신속하게 눌렀다.

　처음에는 야한 사진을 찾고 편집하고 댓글을 다는 것만으로도 흥분이 돼서 정신을 차리기 힘들었는데 이제는 어떤 것도 자극이 되지 않고 어느 부위나 자세도 궁금하지 않았다. 여자는 그저 살덩이, 구멍, 신음 소리. 남자는 장전된 총, 흥분한 짐승, 돌진, 발사뿐이었다. 몸뚱이와 분비물이 더럽고 그 안에 장착된 욕정과 그걸 드러내고 푸는 방식이 역겨워서 사람이라면 쳐다보기도 싫었다. 나는 발기와 사정을 증오했고 흥분하지 않으려고 애썼다. 욕구가 생기면 먹고 마시는 것으로 풀었다.

처음 가출했을 때는 패스트푸드점과 편의점에서 로고가 새겨진 티셔츠와 조끼를 입고 일했다. 평범한 형태의 노동이었지만 하루 종일 햄버거와 삼각김밥을 팔아도 그것들을 맘껏 사먹을 수 없다는 걸 깨달은 뒤에 때려치웠다. 그다음에는 피씨방과 주유소에서 졸음과 싸우고 추위와 더위를 견뎌가며 밤을 새웠다. 컴퓨터나 자동차를 사려면 평생 거기 매여 있어야 한다는 것쯤은 이미 알고 있었다. 돈을 벌 수 있다면 무슨 일이라도 하겠다고 마음먹었지만 고졸에 기술이나 경력도 없는 백 킬로그램의 거구에게 선택권은 별로 없었다. 무언가 해보겠다는 마음은 커다란 몸 안에서 점점 작게 구겨졌다. 될 대로 되라는 식으로 피씨방에서 죽치며 온라인 게임에 빠져 지냈고 돈이 떨어지면 아르바이트 자리를 찾아다녔다. 마우스를 쥐고 있을 때는 성주고 레벨이 높고 힘이 세고 용맹했지만 접속이 끊어지는 순간부터 거대한 식충이, 냄새나는 쓰레기로 전락했다. 피씨방 화장실에서 담배를 피우다가 안면을 트게 된 조가 밖에서 망만 봐주면 돈을 주겠다고 제안했을 때 흔쾌히 따라나섰다. 주머니에는 5천원짜리 한장뿐이었고 망설이거나 거리낄 상황이 아니었다. 조의 왜소한 체구, 실실거리는 웃음도 경계심을 지웠다. 원룸 앞에서 몇번 망을 본 뒤에 조는 돈 안 내고 가는 손님을 윽박지르라고 했고 그다음에는 손님이 오지 않으면 일당을 줄 수 없다고 으름장을 놨다. 정신을 차리고 보니 연의 사진을 가지고 SNS 계정을 운영하고 있었고 관리해야 할 계정은 자꾸 늘어났다. 가슴과 성기를, 가학과 피학이 뒤섞인 섹스 장면을 찍어 편집해서 팔고 성매매를 알선한 뒤 수수료를 받는 게 내가 먹고사는 방식이 되었다.

동영상을 보내달라거나 따로 만나고 싶다고 쪽지를 보내는 이들은 대부분 어딘가에 소속된 인간들이었다. 회사원이거나 가게를 운영하거나 누군가의 애인이나 남편이거나 아버지였다. 그들은 세컨드 계정을 만들어놓고 거기에 욕과 음담패설을 거침없이 쏟아내며 해소되지 않은 욕망을 흘려보냈다. 역겹다고 생각했지만 인상을 쓰며 고개를 돌릴 수 있는 처지가 아니었다. 나는 쥐새끼처럼 쓰레기통을 들락거리며 먹을 것을 구하는 형편이었고 그 통이 꽉 차야 주변을 맴돌며 부스러기를 쪼아댈 수 있었다. 그들이 더 과감해지고 끓어 넘치도록 부추겨야 했다. 돈이 생기면 조는 프라모델을 샀고 연은 유학자금을 모은다며 저금했고 나는 먹고 마시며 살이나 찌웠다. 생산적인 일에 소비하고 앞날 같은 걸 준비해야 한다고 생각하면서도 허비가 몸에 배었다.

댓글 작업을 마무리한 뒤 가슴이 드러난 여고생의 프로필 사진을 한쪽 엉덩이가 살짝 드러나는 것으로 바꾸었다. 사진은 연의 것과 인터넷에서 수집한 것이 반반이었다. 조가 보면 하나도 흥분되지 않는다며 정강이를 걷어차고 욕을 퍼부을 것이다. 연의 사진을 찍을 때도 조는 점점 더 변태적으로 굴었다. 할 수만 있다면 껍질을 벗겨내고 내장을 끄집어내고 싶은 것 같았다.

나는 주위를 살핀 뒤 이따금 드나드는 계정에 접속했다. 얼마 전까지는 스트레스가 쌓이거나 머릿속을 비우고 싶을 때면 게임에 접속해서 때리고 부수고 쏘고 터뜨리며 가상의 적과 싸웠다. 굉음 속에서 죽고 죽이다보면 피로와 허무감이 갑옷과 투구처럼 온몸을 감쌌다. 그 안에서 나는 고름이나 똥오줌처럼 냄새를 풍기며 문드러졌다. 취미나 꿈도 없고 만날 사람이나 떠올릴 추억도 없는 인간이 할 수 있는 일은 별로 없었다. 술에 취해 진창 속에서 게임을 하다 자는 게 전부였다.

낮이 되면 숙취와 후회 속에서 야한 사진을 찾아 헤매고 이 계정 저 계정에 드나들며 미끼를 던졌다. 미친 변태 또라이의 팔로잉 중에서 기형도 봇이라는 계정을 발견했을 때 바쁘게 움직이던 손가락에 힘이 빠졌다. 성기를 입에 물고 엉덩이를 까고 딜도를 꽂고 가슴을 쥐어뜯는 프로필 사이에서 순박하게 웃는 흑백의 남자 얼굴은 묘하게 도드라졌다. 그것은 내가 아는 세계의 얼굴이 아니었다. 그 계정에는 사진이나 영상 없이 짧은 문장만 몇줄씩 올라왔다. '구름 밑을 천천히 쏘다니는 개'[1]나 '저녁 거리마다 물끄러미 청춘

---

1 기형도 「질투는 나의 힘」, 『입 속의 검은 잎』, 문학과지성사 1991.

을 세워두고'[2] 같은 문장이 적혀 있었다. 읽을 수 있는 글이지만 내가 속한 세계의 언어가 아니었다. 포르노를 처음 접하고 호기심으로 꽉 차 속절없이 빠져들던 때처럼 거기 적힌 글들을 홀린 듯이 읽어 내려갔다. 한눈에 알아볼 수 있는 내용도 있고 알 듯 말 듯해서 몇번씩 읽어야 하는 글도 있었다. 그런 문장이 왜 나를 건드리는지 알 수 없었다. '그는 완전히 다르게 살고 싶었다, 나에게도 그만한 권리는 있지 않은가'[3]라는 문장을 봤을 때 나는 입술을 꾹 깨물었다. 그건 내가 하고 싶던 말이었고 내 안에서 들끓던 말이었다. 원룸의 계단에 쭈그리고 앉아 문 안의 남자가 사정하기를 기다릴 때, 피씨방과 까페의 흡연실에서 야한 사진을 찾아다니는 모든 순간에, 짐승처럼 배 터지게 먹고 마신 뒤 깨어날 때마다 알 수 없는 누군가에게 그렇게 말하고 싶었다. 나는 완전히 다르게 살고 싶다.

조에게 들킬까봐 그곳에 올라온 글들을 몰래 훔쳐보았다. 그리고 그의 문장들을 하나씩 모았다. '나무들은 그리고 황폐한 내부를 숨기기 위해 크고 넓은 이파리들을 가득 피워냈다'[4] 그런 문장들을 반복해서 읽었고 기도문처럼 중얼거렸다. 하루에도 몇번씩 흑백의 프로필 사진을 확대해서 들여다봤다. 점차 그곳에 들어가는 것이 휴식이자 도피가 되었다.

지하철에서 내려 출구를 확인했다. 변호사 사무실은 에스컬레이

---

2 같은 시, 같은 책
3 기형도 「여행자」, 같은 책.
4 기형도 「길 위에서 중얼거리다」, 같은 책.

터가 설치되지 않은 쪽 출구에 있었다. 체중을 감당하지 못해 시큰 거리는 무릎 때문에 엘리베이터를 타려다가 노인들의 눈이 일제히 커지는 걸 보고 계단 쪽으로 걸어갔다. 손으로 무릎을 짚고 올라가 며 장영준의 얼굴을 떠올려보려고 애썼다. 눈이 컸다는 것과 웃을 때마다 입가에 팔자주름이, 눈가에는 부챗살 같은 주름이 넓게 퍼 졌다는 것만 생각나고 전체적인 얼굴이 그려지지 않았다. 처음에 는 엄마가 부르는 대로 선생님이라고 불렀다가 한동안 장아저씨라 고 불렀고 나중에는 아빠라고 불렀던 게 기억났다. 그때 그가 몇살 이었는지 모르겠지만 삼십대 후반이나 사십대 초반 정도였을 것이 다. 아무리 계산해보아도 죽기에는 이른 나이였다.

휴대폰을 만지작거리다가 엄마의 번호를 눌렀다. 먼저 연락하는 건 1년 만이었다. 그동안 엄마가 전화해도 받지 않거나 대답만 한 두마디한 뒤 끊어버렸다. 장영준이 죽었다는 얘기를 듣지 않았다 면 엄마를 떠올리거나 전화 걸 생각도 하지 않았을 것이다.

"장영준이라고, 기억나?"

엄마는 말을 쏟아내려다가 내 질문에 멈칫했다. 누구? 그런 다 음 지읒으로 시작하는 이름들의 페이지를 넘기는 듯 한동안 말이 없었다.

"고등학교 선생이었던 사람. 옛날에 재혼하려고 했잖아."

"……아 그 체육 선생. 갑자기 그 사람은 왜?

엄마는 장이 누군지 기억나지만 궁금해하는 것 같지는 않았다. 목소리에서 번거로움이 묻어났다. 그 사람이 죽었다고 말하려는

데, 대뜸 이 새끼야, 하며 목소리를 높였다. 넌 대체 뭔 짓을 하고 다니는 거냐, 사고치지 말고 기어 들어오라니까. 돈이나 많이 벌면 내가 말을 안해. 혀 차는 소리가 이어졌다. 나는 길에다 가래침을 거칠게 뱉었다. 엄마가 돈 얘기를 꺼내면 견딜 수 없이 화가 났다. 씨발 그놈의 돈 돈 돈, 그렇게 돈 좋아하는데 왜 그 따위로 살아? 돈이면 다야? 돈만 많이 벌면 무슨 짓을 하고 살아도 괜찮다는 거야? 소리가 속에서 벌떡거렸다. 나한테 신경 꺼. 잘 먹고 잘 사니까. 목소리와 감정을 꾹꾹 눌러 밟았다. 오랜만에 전화해서 한다는 소리가 그거야? 엄마가 소리를 질렀다.

"등신처럼 그러고 있지 말고 공부해서 대학에 가든가 살을 빼서 군대에 가든가 해."

대꾸 없이 가만히 있다가 통화 종료 버튼을 눌렀다. 새아버지가 너한테, 소리가 같이 뭉개졌다.

장은 엄마가 재혼을 염두에 두고 만나던 남자들 중 한명이었다. 내가 일곱살, 엄마가 서른살 때였다. 그때 엄마 인생의 목표는 돈 많은 남자와 재혼하는 것뿐이었다. 나의 초등학교 입학을 앞두고 마음이 급해져서 이 사람 저 사람에게 소개를 부탁해놓은 상태였다. 장은 이혼남이었고 안은 이혼을 앞둔 유부남, 김은 미혼이지만 나이가 많았다. 엄마는 남자들과 관계가 어느정도 진전되면 나를 데리고 나갔다. 남자들은 내 이름과 나이를 물었고 뭐가 먹고 싶은지 물어본 뒤 쑥스러운 듯 큰 소리로 웃었다. 그들은 커다란 손으로 내 머리를 쓰다듬은 다음 번쩍 안아 올렸다. 남자들은 각자의 방식대로 친절했고 내 마음을 끌려고 애썼다. 집에 오면 엄마는 화장을 지우며 물어봤다. 오늘 만난 아저씨 어땠어? 지금까지 만난 아저씨 중에 누가 제일 좋아? 어떤 사람이 아빠가 됐으면 좋겠어? 하지만 나는 그들 중 누구도 아빠 같지 않았고 진짜 아빠가 될 것 같지도 않았다.

처음 만났을 때 이것저것 물어보고 눈을 쳐다보며 웃고 머리를 자주 쓰다듬던 남자들은 두세번 만나면 내가 거기 있다는 걸 잊었다. 담배를 계속 피웠고 혀가 꼬였고 엄마를 끌어안은 채 몸을 더듬었다. 그러다 나와 눈이 마주치면 당황하면서 미간을 찌푸렸다. 나를 알아보고 이름을 부르고 점점 더 잘해주는 사람은 장뿐이었다. 처음에 엄마는 장과 자주 만나다가 더 좋은 조건의 남자가 나타나자 새 남자와 장 사이에 양다리를 걸쳤다. 누구도 사랑이 아니었고 어떤 카드라도 바로 버릴 수 있으며 모두가 어떤 가능성의 한 자락일 뿐이었다. 남자들과 통화할 때 엄마는 상대의 명함을 만지작거리거나 메모지 위에 이름을 반복해서 적었다. 돈이 많은 것보다 잘 쓰는 게 중요하다고 했다. 남자들의 월급과 직장에 대해 얘기하며 이름을 죽죽 그어버리거나 그 위에 X표를 쳤다. 아빠가 없어도 된다고 말하면, 내가 널 혼자 어떻게 키워, 세상 물정 모르는 소리 하지 말라며 소리를 질렀다.

엄마가 데이트하러 갈 준비를 하면 나는 머리와 다리, 배가 아프다며 투정을 부렸다. 혼자 김밥을 먹는 것도 싫고 텔레비전을 보다가 잠드는 것도 싫었다.

"애기도 아닌데 왜 그래, 이러면 엄마 힘들어. 너도 아빠가 있으면 좋잖아."

이마를 짚고 배를 쓸어내리는 엄마의 손길에는 짜증이 배어났다. 그 인간 생각나게 만드는 성(姓)을 떼버리고 앞으로 계속 쓸, 다시는 변하지 않을 성을 찾아야 한다고 했다. 그러려면 취학통지서가 나오기 전에 일을 마무리해야 했고 시간은 많지 않았다. 엄마는 목을 끌어안으며 너를 위해서 이러는 거라고, 아빠를 만들어주기 위해서 남자를 만나는 거라고 속삭였지만 술을 마시고 새벽에 들어오면 개새끼들, 씨발 새끼들, 여자 혼자 사니까 우습게 보고, 화장을 지우며 울었다.

월화목금에는 태권도에 가고 수요일에는 유치원이 끝난 뒤 축구교실에 갔다. 유치원 옆의 놀이터에서 놀고 있으면 엄마가 와서 함께 축구교실로 가는 봉고차에 탔다. 훈련을 받고 연습하는 동안 엄마는 벤치에 앉아 누군가와 통화를 하거나 졸음을 참으며 운동장을 둘러봤다. 가끔은 나 혼자 축구교실에 갔다가 봉고차를 타고 집으로 돌아오기도 했다. 엄마가 데이트를 하면서 그런 날은 점점 늘어났다.

장이 유치원 옆의 놀이터에 왔을 때 나는 그네를 타고 있었다. 장이 반가우면서도 둘이서만 보는 게 처음이라 어색했다. 괜히 발을 세게 굴러 몸을 높이 띄웠다. 장은 그네가 멈출 때까지 기다려줬다. 내가 그네에서 내려 쭈뼛거리며 인사하자 그는 엄마의 부탁을 받고 왔다며 같이 축구교실에 가자고 했다.

"아저씨도 축구 좋아해."

장은 드리블 하는 폼을 보여줬다. 놀이터에 있던 아이들이 장의 주변으로 모여들었다.

그다음부터 수요일마다 장이 나를 축구교실에 데려갔다. 친구들은 장이 아빠인 줄 알았고 나는 놀이터에서 장을 기다렸다가 같이 축구교실에 가는 게 즐거워 화요일 밤부터 설렜다. 인조 잔디밭 위를 어슬렁거리다가 벤치 쪽을 보면 장은 싱글벙글 웃으며 내 움직임을 지켜봤다. 공에는 발도 못 대고 쫓아다니기만 해도 박수를 치며 엄지손가락을 추켜올렸다. 그러면 나는 으쓱해져서 열심히 공을 따라다녔다. 축구교실이 끝나면 장은 땀으로 젖은 내 이마와 목덜미를 쓸어 넘긴 뒤 손으로 바람을 만들어 식혀주었다. 커다란 손바닥이 나를 쓰다듬고 획획 바람을 만드는 게 좋아서 축구교실에 가면 마구 뛰어다녔다. 어떻게 하면 공을 가로챌 수 있을까. 차를 타고 가면서 장과 나는 감독과 국가대표 선수처럼 작전을 짰다.

집으로 돌아오는 차 안에서 나는 자주 곯아떨어졌다. 장은 골목 앞에 차를 대고 내가 깰 때까지 기다리거나 잠든 나를 업은 채 좁은 골목을 걸어 올라갔다. 가끔은 중간에 잠이 깼지만 따뜻하고 넓은 등이 좋아서 자는 척했다. 언젠가 대문 앞에 도착한 장이 고개를 돌려 아빠라고 한번 불러봐, 했다. 나는 부끄러워서 등에 기댄 채 고개를 마구 저었다. 잠들기 전 상상 속의 인물에게 아빠라고 불러본 적은 있지만 소리 내어 누군가를 아빠라고 불러본 일은 없었다.

축구 시합을 하다가 처음으로 상대편이 패스하는 공을 가로채서 골대를 향해 달려나갔던 날, 그 볼이 결정적인 역할을 해서 우리 팀이 득점했을 때 장에게 뛰어가며 나도 모르게 아빠, 하고 소리쳤다. 골을 만들어냈다는 흥분과 아빠라는 말의 여운 속에서 숨을 몰아쉬는 동안 왈칵 울음이 터져나왔다. 잘했다, 잘했어, 아들. 장은 팔을 벌린 채 웃고 있다가 나를 끌어안고 등을 두드렸다. 장의 품 안에서 나는 생소하면서도 그리운 이름을 반복해서 중얼거렸다. 그뒤로 함께 있을 때 장은 이름 대신 아들이라고 불렀고 나도 스스럼없이 아빠, 아빠 하며 따랐다. 1년 가까이 우리는 아빠와 아들 사이로 지냈다. 그 무렵 엄마는 장이 아닌 다른 남자를 만났다.

변호사 사무실이 있다는 건물은 골목 안쪽으로 여러번 꺾어 들어가야 했다. 오래되고 낡은 건물의 2층에는 복도의 양옆으로 다양한 업종의 사무실이 다닥다닥 붙어 있었다. 팻말이 비뚤어지거나 글자의 한 부분이 떨어져나간 곳도 있었다. 지저분한 복도를 걷고 있자니 장이 남긴 유산이 얼마 되지 않을 거라는 예감이 들었다. 왔던 길로 다시 돌아나가고 싶은 마음이 드는 걸 꾹 참았다.

사무실에 들어가자 직원이 안쪽 방으로 안내했다. 변호사는 책상에 앉아 있다가 나를 보더니 안경을 찾아 썼다. 학생인가요?라고 묻기에 대답 대신 지갑에서 꺼낸 신분증을 건넸다. 변호사는 얼굴과 신분증을 번갈아 보더니 돌려주었다.

"영쥬이가 이걸 꼭 전해주라고 했어요."

남자는 캐비닛에서 꺼낸 쇼핑백을 탁자 위에 올려놓았다. 자신은 장영준의 친구고, 그가 맡긴 건 돈이나 부동산이 아니라서 신분증이나 서류는 필요없다고 했다. 내가 어리둥절하게 쳐다보자 테이프로 붙여놓은 입구를 열어 안을 보여주었다. 오래된 노트 한권과 서류봉투가 몇개 들어 있었다. 정체는 알 수 없지만 장이 남긴 것이 나를 다른 곳으로 데려갈 동아줄이 아니라는 것쯤은 짐작할 수 있었다.

사무실 내부는 더웠다. 책상 뒤쪽에서 오래된 선풍기가 후덥지근한 바람을 토해냈다. 나는 거의 우는 사람처럼 땀을 흘렸다.

"죽기 전에 많이 보고 싶어했어요."

나는 예,라거나 알았다는 대답도 하지 못한 채 흘러내리는 땀만 닦았다. 어쩌다 죽은 거냐고 묻고 싶은데 입이 떨어지질 않았다. 남자는 배웅하며 장영준이 나를 보고 싶어했다고 한번 더 말했다. 손등으로 턱 밑에 고인 땀을 훔쳐냈다.

건물 밖으로 나와서 쇼핑백을 열어봤다. 노트는 그가 쓰던 일기장인 듯했고 서류봉투 안에는 사진이 들어 있었다. 체육 선생이었던 걸로 아는데 글씨가 반듯하고 길쭉했다.

인아를 소개해준 건 동료 교사였다. 이혼한 뒤 밤에는 텔레비전을 보고 일요일에는 조기 축구를 하고 휴일에는 등산을 하며 지냈다. 전처나 결혼생활이 그리워지는 순간은 거의 없었다. 애가 없어서 이혼이 쉽기도 했고 이혼한 마당에야 애가 없는 편이 나았다. 새로운 연애에 대한 관심이나 재혼 생각도 생기지 않았다. 다만 거리나 마트에서 뒤뚱거리며 걸어다니는 꼬마아이들을 보면 자꾸 눈이 갔다. 아이가 있었다면 전처를 견디며 살았을 거라는 확신이 들었다.

남자 교사 몇이 모인 회식자리에서 술이 얼큰하게 오른 과학이, 왜 그렇게 재미없게 사느냐고 물었다. 난 혼자면 그렇게 안 살아. 그는 이혼남이 된 나를 은근히 부러워하는 눈치였다. 마흔 넘으면 만나서 술 한잔할 수 있는 이성친구라도 있어야지. 우리 나이엔 그런 게 필요하다고 했다. 이성친구라…… 고등학교 선생들이나 쓸 만한 단어였다. 친구면 어떻고 애인이면 어때, 여자를 만난다는 게 중요하지. 수학의 표정이 사뭇 진지했다. 마흔 넘은 유부남들이 이성친구에 대한 의견을 앞다투어 내놓는 꼴이 십대들 같았다.

싱겁게 이 나이에 친구가 뭐야. 찐하게 연애를 하면 몰라도.

그들의 말투나 표현이 재미있어서 장난기가 발동했다. 그러자 과학이 생각 있어? 내가 다리 좀 놔볼까? 그러더니 바로 전화기를 꺼냈다.

아는 사람이 있는데, 정확히 말하면 와이프가 아는 사람이지. 그쪽도 이혼한 걸로 알고 있으니까 부담 갖지 말고 만나봐.

과학은 취했고 자신이 뭔가 중요한 일을 하고 있다는 사실에 고취돼 있었다. 만나봐. 외롭게 지낼 거 뭐 있어. 인생 한번뿐이야. 나보다 유부남 동료들이 더 신이 나서 밀어붙였다. 과학은 바로 와이프에게 전화해서 이것저것 물어보았다.

잘됐네. 집도 학교 근처래.

그렇게 소개받은 자리에 인아가 나왔다. 간단한 인사를 주고받자마자 인아는 어디까지 들었는지 모르겠는데 자신에게는 일곱살 된 아들이 있다고 했다.

그애 때문에 재혼을 해야 돼요. 내년에 초등학교에 입학하거든요. 그게 무슨 뜻인지 아시죠.

그녀의 눈은 대학에 꼭 가고 싶다고 말하는 여고생처럼 집요하게 빛났다. 나는 진학 상담하는 기분으로 그녀가 살아온 얘기를 들었다. 능력이나 야망 없이 최소한만 뒷바라지해준 부모 밑에서 자란 소녀들이 그렇듯, 그녀도 꿈이나 열망을 꾹꾹 눌러둔 채 지내다가 고등학교를 졸업하자마자 돈벌이와 결혼으로 도망쳐버린 케이스였다. 그러나 모든 것을 녹여버릴 것 같던 사랑은 속절없이 식었고 소꿉장난처럼 시작된 결혼은 현실 속에서 엎어지고 깨졌다. 능력은 없으면서 즉흥적이고 자존심만 센 남자는 그녀를 야금야금 갉아먹었다. 긴 이야기 끝에 인아가 아들의 사진을 보여주었을 때 나는 이상한 슬픔과 말로 표현하기 힘든 감정의 격동을 느꼈다. 카메라 앞에서 아이는 웃으려고 애썼지만 놀이공원의 햇빛과 바람 때문에 눈을 제대로 뜨지 못해 우는 것처럼 보였다. 인아가 아이 아빠에 대해 온갖 욕과 저주를 퍼부어대는 동안 나는 인아와 사진 속의 아들을 번갈아 보았다.

저랑 많이 닮았죠. 외탁한 것 때문에도 많이 싸웠어요. 이 핑계 저 핑계 대면서 양육비 지급을 안하는데 정말 미칠 것 같아요.

그녀의 얘기는 자연스레 양육비와 경제적 어려움으로 넘어갔다.

아이 때문에 제대로 된 사람을 만나는 것도 힘들고 재혼도 어렵다고 하소연하다가 그녀는 울음을 터뜨렸다. 그녀의 눈물이나 그녀 때문이 아니라 집에서 혼자 놀고 있다는 아이 때문에 그녀에게 신경이 쓰이기 시작했다.

볼펜으로 꾹꾹 눌러 쓴 글은 노트 중반까지 이어졌다. 일기였다가 편지의 형식을 띠기도 했고 몇줄의 낙서만 휘갈겨 쓴 페이지도 있었다. 나는 노트를 덮어두고 그 밑의 서류봉투를 열어봤다. 첫번째 봉투 안에는 축구교실 유니폼을 입은 내 사진이 여러장 들어 있었다. 처음 보는 사진이었다. 나는 웃으며 손가락으로 브이를 그렸고 슛을 하는 포즈도 취했다. 초록색 유니폼 아래 드러난 팔다리는 가늘고 배가 홀쭉했다. 장은 사진 뒤에 날짜와 짧은 메모를 써놓았다. ○월 ○일 — 패스 실력 향상. 그다음 사진 속의 나는 체크무늬 코트를 입었고 엄마 옆에 꼭 붙어 서 있었다. 코트의 단추를 모두 채웠고 긴장해서 뺨이 잔뜩 굳었다. 모직 바지 밑으로 드러난 운동화가 유난히 하얬다. 뒷면에는 초등학교 입학식 사진이라고 쓰여 있었다.

초등학교 입학을 앞두고 엄마는 축구교실을 끊었다. 비싸기만 하고 공부에 도움이 되지 않는다는 게 이유였다. 장은 고3 담임을 맡아서 더이상 데리러 오거나 데려다줄 수 없었다. 나는 순순히 보습학원으로 옮겼다. 어차피 징이 없는 축구교실은 가고 싶지도 않았다. 축구교실을 그만두는 날 장이 백화점에 데려갔다. 그는 운동화를 골랐고 내가 신어보자 발 앞쪽을 눌러 사이즈가 넉넉한지 확인했다.

입학 선물이야.

운동화의 표면은 하얗고 주름 없이 팽팽했다. 나는 그 자리에서 새 신발로 갈아신었다. 피자를 먹는 동안에도 자주 테이블 밑을 내려다봤다. 몇조각 먹지도 않았는데 배가 불렀다. 장이 남은 피자의 포장을 부탁했다.

집 앞에 도착하자 장이 쪼그리고 앉아 내 어깨를 잡았다.

엄마가 따로 만나는 분이 있어…… 앞으로 우리가 만나지 않았으면 해서.

내가 고개를 푹 숙이자 만날 수는 없지만 완전히 헤어지는 건 아니라고 했다. 가끔 보러 올 거야. 날이 추워서 장의 코끝이 붉었다. 장은 마지막으로 한번 안아보자고 했다. 보러올 거라면서 마지막이라고 하는 이유가 궁금했다. 내가 어리둥절한 얼굴로 쳐다보자 장이 무릎을 꿇은 채 나를 꼭 끌어안았다. 그는 내가 낡은 빌라의 계단을 다 올라갈 때까지 밖에서 지켜보았다. 엄마는 운동화를 보더니 좀더 큰 걸로 샀어야지, 비싼 건데 금방 못 신겠네, 하며 고개를 저었다.

초등학교에 입학해서 봄 소풍을 다녀온 뒤 엄마는 안도 김도 아닌 다리에 털이 많이 난 남자와 살기 시작했다. 그는 일이 바빠 밤늦게 들어오고 주말에도 자주 나갔다. 엄마와 남자는 혼인신고 문제 때문에 종종 다투었다. 덕분에 나는 출석부에 오른 이름을 바꾸지 않고 그대로 학교에 다닐 수 있었다. 남자와 싸우고 나면 엄마는 장을 잔뜩 봐와서 음식을 만들었다. 밥을 비벼주고 쌈을 싸서 입에 넣어주고 과일을 깎아줬다. 갈비집과 햄버거 가게에 데려가 이것저것 주문했다. 퉁퉁 부은 얼굴로 한숨을 쉬다가 내가 맛있게 먹는 모습을 보면 희미하게 웃었다. 데이트를 하러 나가던 저녁에 밥상 위에는 언제나 포일에 싸인 김밥 한줄뿐이었는데 남자와 살기 시작한 뒤로 엄마는 먹이는 일에 집착했고 나는 열심히 받아먹었다. 그게 우리가 사랑하는 방법, 행복해지는 길이라고 생각했다. 먹는 동안에는 어떤 결핍이나 그리움도 느껴지지 않았다.

털이 많은 남자는 덩치가 크고 말이 없었다. 남자는 나를 번쩍 안아 올리거나 머리를 쓰다듬지도 않았고, 같이 캐치볼을 하거나 같이 축구를 하지도 않았다. 때리거나 욕하거나 눈치를 주는 일도 없었다. 당연히 아빠라고 부르라는 말도 하지 않았다. 어쩌다 집에 단둘이 있게 되면 치킨을 시키고 라면을 끓여서 텔레비전 앞에 앉아 말없이 먹어치웠다. 음식이 사라지면 각자의 방에 들어가 곯아떨어졌다. 한집에서 자고 둘러앉아 같이 먹는다는 것만이 서로를 희미하게 이어줬다.

장이 남긴 봉투 안에는 내가 저학년이었을 때의 사진이 여러장 있었다. 하굣길의 나는 주로 핫도그나 닭꼬치를 들고 있었다. 축구교실을 그만두고 보습학원에 다닌 뒤로 내 몸은 꾸준히 불어났다. 나는 입이 비고 배가 꺼지는 걸 참지 못했다. 가끔은 몸을 움직이며 땀을 흘리고 싶고 소리를 지르며 뛰어다니고 싶었지만 그럴 만한 곳도 친구도 없었다. 축구교실에 다니고 싶거나 장과 함께했던 시간이 미치도록 그리워지면 운동장에서 축구하는 형들을 오래 쳐다봤다. 어느 수요일에는 보습학원에 가지 않고 혼자서 학교 운동장의 축구 골대 주변을 마구 뛰어다녔다. 배가 출렁거리고 다리가 무거워 땀이 나기도 전에 숨이 가빠졌다. 운동화와 바지는 흙먼지로 지저분해졌다. 나는 텅 빈 운동장을 둘러보다가 바닥에 그대로 드러누웠다. 그리고 흙바닥을 마구 굴러다녔다. 완전히 헤어지는 게 아니라는 말은 거짓이었다. 나는 하굣길에도 뒤에서 어른의 발소리가 나면 조심스럽게 돌아보곤 했다. 그러나 등 뒤에는 늘 낯선 사람이 서 있었다. 그때마다 세상에 나 혼자뿐이라는 걸, 아무도 나를 사랑하지 않고 앞으로도 그러리라는 걸 확신했다. 눈물이 날 것 같아 눈을 깜박거렸지만 흙먼지 때문에 뻑뻑했다. 그뒤로 학원에 가기 싫으면 운동장을 뛰어다니는 대신 불량식품을 잔뜩 사 먹은 뒤 문방구 앞의 오락기 앞에서 시간을 죽였다.

초등학교를 졸업할 때까지 세명의 남자가 엄마의 남편 노릇을 하다가 떠나갔다. 그들이 우리 집에 들어와 살기도 했고 엄마와 내가 짐을 챙겨 들어가기도 했다. 나는 성을 바꾸지 않는 대신 버스를 타고 통학했고 동네가 바뀔 때마다 외톨이가 되었다. 안경잡이는 생선을 좋아했고 곱슬머리는 찌개가 없으면 밥을 먹지 않았다. 엄마의 음식 솜씨는 점점 좋아졌고 나는 가리는 것 없이 잘 먹고 점점 더 많이 먹었다. 남자들은 단골 손님처럼 매일 들러 밥을 먹다가 어느날 갑자기 발을 뚝 끊으며 엄마의 인생에서 사라져버렸다.

엄마는 내가 중학생이 되던 해에 정식으로 재혼했다. 남자는 눈이 커서 순해 보였고 농담도 곧잘 하고 웃음이 많았다. 돼지같이 살진 나를 보고 씩씩하게 생겼구나, 하며 머리를 쓰다듬었다. 그는 아빠라고 불러보라고 말한 두번째 남자였다. 그가 싫지 않았지만 중학생에게는 아빠가 그다지 필요하지 않았다. 혼자만의 방과 넉넉한 용돈, 피씨방에 갈 자유만 주어지면 다른 것은 귀찮을 뿐이었다. 나는 집에서 나올 때까지 그를 아빠라고 부르지 않았다.

사춘기에 접어든 뒤에도 계속 살이 쪘다. 같은 반 친구가 나중에 갚겠다며 계속 돈을 뜯어갔을 때, 짝사랑하던 옆 학교의 여자애에게 고백하다 차였을 때, 돈이 없다고 개기다가 맞아서 코뼈가 내려앉았을 때. 나는 누군가에게 털어놓거나 복수를 꿈꾸는 대신 허겁지겁 빵 봉지를 뜯었다. 그건 가깝고 값싸고 쉽게 손에 넣을 수 있는 위로였다. 불행하다고 느끼거나 실제로 그런 시기를 지날 때마다 몸무게는 꾸준히 늘어났다. 입에 꾸역꾸역 쑤셔넣고 씹으면서 나는 안 먹어도 배부르다는 말에 대해 생각했다. 그게 평안이나 행복과 깊이 연결돼 있다는 걸 온몸으로 깨달았다. 더러운 세상, 혹독하고 냉정한 세상에 내 편이 하나도 없다는 사실이 나를 허기지게 했다. 먹고 자는 일만이 사는 이유고 살아갈 힘이 되었다.

변호사 사무실에서 나온 뒤로 봉투 안의 사진을 보느라 맞은편에서 오는 사람들과 몇번이나 부딪힐 뻔했다. 그들의 표정에서 앞을 살피지 않는 나의 부주의함보다 미련하고 냄새나는 살덩어리를 향한 경멸이 더 드러났다. 장이 남긴 것들을 더 보고 싶어서 근처 까페에 들어갔다. 초등학교 졸업사진 속의 나는 키가 훌쩍 자랐고 검은색 재킷을 입은 채 꽃다발과 졸업장을 들고 있었다. 그가 어떻게 입학식과 졸업식의 사진을 갖고 있는지는 알 수 없었다. 나는 이제 기억조차 희미한 초등학교 입학식과 졸업식을 떠올려봤다. 교실과 운동장에 흩어져 사진을 찍던 사람들 사이에서 몰래 셔터를 누르고 사라졌을 장에 대해 생각하는 일은 쉽지 않았다. 나를 보러 왔으면서 나에게 오지 않은 장의 마음을 헤아리는 일 또한 버거웠다. 사진 뒤의 흰 봉투에는 졸업과 입학 축하,라고 쓰여 있었고 5만원이 들어 있었다. 중학생 이후의 사진은 서너장뿐이었다. 머리를 바짝 올려 깎고 여드름이 난 나는 표정이 침울하고 더 뚱뚱해졌다. 그리고 여전히 혼자였다. 장은 기념할 만한 날마다 봉투에 짧은 메모와 함께 돈을 넣어두었다. 빳빳한 만원짜리 지폐에서는 아무 냄새도 나지 않았다. 깨끗하고 단정해서 돈이 아니라 어떤 증서 같았다.

조가 주는 돈에서는 냄새가 많이 났다. 그 돈은 연과 자는 남자들이 지불하는 것이었다. 내기 싫어서 손에 쥔 채 흥정하다가 더럽고 치사해서 준다며 구겨서 던지는 돈, 눈도 안 마주치고 휴지처럼 뽑아서 내미는 돈. 돈을 받은 뒤 모욕감을 느끼면 조는 원룸에 들어와서 발을 구르고 삿대질을 하며 욕을 내뱉었다. 그러다 싸지르듯 바닥에 돈을 뿌려버렸다. 조가 나가면 연은 낮게 욕을 내뱉은 뒤 무릎걸음으로 움직여 자신의 몫을 챙겼다. 나는 주먹을 꽉 쥐었지만 그 돈을 버려둔 채 박차고 나가지 못했다.

까페 화장실에서 거울을 한참 들여다봤다. 장이 살아 있다면 나를 알아볼까. 그가 아는 소년은 여기 없고 마트료시카의 가장 안쪽 껍데기 속에 손톱만 한 크기로 남아 있을 것이다. 그건 하나하나 열어보면 안이 텅 비어 있다는 뜻이겠지. 축구교실을 그만둔 뒤에도 마음속에서 장을 지우지 못했다. 장을 생각하자. 언젠가 장이 보러 올지도 모르잖아. 힘들고 억울하고 답답해서 가슴이 터질 것 같을 때마다 최면을 걸고 주문을 외었다. 한동안 장은 내게 산타클로스였고 울지 않아야만 받을 수 있는 선물이었다. 나는 얼굴이 기억나지 않는 친부의 자리에 종종 장을 대입시켰다. 그러나 시간이 흐를수록 그가 지켜볼 거라는 확신이 사라졌다. 장은 벌써 다 잊었는데, 함께한 시간은 짧았고 오래전에 지나갔는데 나만 그의 말에 의미를 부여하고 매달리는 것 같았다. 어떤 날은 함께 했던 순간이 엊그제의 일처럼 생생했고 다음 날이 되면 기억 속의 장면들이 착각이나 상상의 산물인 것 같았다. 장에 대한 마음은 위안이었다가 그리움이었다가 증오였다가 어느 순간에는 무위로 돌아갔다. 장은 그런 사람이었다가 아예 존재하지 않는 사람이 되었다. 그러자 장을 그리워하거나 의식하는 게 창피해졌다. 그는 얼마나 멍청한가. 어른이 된 뒤 나는 장을 마음껏 비웃었다. 그보다 더 한심한 놈도 없을 것이다. 엄마와 연애도 제대로 못해보고 애새끼 뒤치다꺼리나 하다가 재혼 시기를 놓쳐버린 등신 새끼. 장은 그렇게 내 인생에서 지워졌다. 모든 게 너무 늦게 도착한 것이다. 장의 부고도, 그가 찍은 사진도. 에어컨이 나오는데도 땀이 계속 흘러내렸다. 나는 주먹을 쥐었다 폈다 하며 호흡을 조절했다.

— 씨발. 사진 딴 걸로 안 바꿀래?

조는 질 속에 딜도를 꽂고 빨래집게로 유두를 집은 연의 사진을 여러장 보냈다. 나는 눅눅해진 손수건으로 손과 이마, 턱과 목덜미를 닦아냈다. 조는 갈구는 눈빛과 내뱉는 욕설만으로 명치를 가격하고 코뼈를 부러뜨렸다. 나 역시 조 앞에서는 그보다 키가 크고 거구라는 사실을 잊었다.

조는 채팅으로 만난 연을 끌어들여 포주가 되었다. 연의 카드 대금 백만원을 대신 갚아준 게 시작이었다. 조는 연에게 화장품이나 속옷도 사다줬지만 툭하면 때렸다. 살이 찐다고, 담배 냄새가 난다고, 단골로 만들지 못한다고. 상처가 날까봐 몸과 얼굴은 건드리지 않고 머리를 후려쳤다. 연은 조에게 종종 맞았다. 돈을 빼돌리다가, 생리 날짜를 속였다가, 손님에게 영업 비밀을 누설하다가. 맞고 울다가도 조가 치킨을 시켜주고 맥주를 따라주면 눈물을 닦고 받아먹었다. 좆같은 새끼라고 했다가 조 아니면 내가 어떻게 먹고사느냐고 했다. 나는 때리는 조도 싫지만 맞는 연도 싫었다. 무엇보다 그들과 같이 일하는 내가 싫었다. 그러나 밤의 결심은 아침의 행동으로 이어지지 않았고 낮의 후회만을 몰고 왔다. 밤의 나는 아침의 나를 증오했고 낮의 나를 겨우 견뎠고 밤을 두려워했다. 시간은 의미 없이 흘러가 해는 금세 저물었고 쉽게 밤이 되었다.

이 일을 시작한 뒤로 나는 인생을 다 살아버린 노인이 된 것 같은 기분에 시달렸다. 욕망이 쪼그라들고 삶의 반경이 축소되었다.

주위의 사람들이 다 사라지고 노인정과 무료 급식소를 오가는 구부정한 껍데기만 남은 것 같았다. 미래와 꿈, 희망은 어디로 흘러갔는지 내가 지나다니는 골목에는 허기진 개와 냄새나는 돈, 발정난 몸, 끈적거리는 섹스만 굴러다녔다.

까페에서 나와 지하철역으로 걸어가는 동안 급격하게 허기가 졌다. 포장마차를 보자마자 들어가서 떡볶이와 튀김을 주문했다. 주인이 튀김을 기름 속에 넣었다가 건져내는 동안 어묵 꼬치를 빼먹었다. 옆에서 떡볶이를 먹던 여자가 내 앞에 쌓여가는 빈 막대기를 힐끔거렸다. 여자의 떡볶이는 반 넘게 남아 있었다. 김밥과 순대를 더 시키려다가 주인이 건넨 접시만 비우고 밖으로 나왔다. 승강장에서 지하철을 기다리며 아무도 거들떠보지 않는 자판기 앞에서 어슬렁거리다 초코바의 구입 버튼을 눌렀다. 한개 두개 세개에서 멈춘 뒤 주위를 살피곤 하나 더 눌렀다. 허리를 숙여 힘겹게 그것들을 꺼내 주머니에 챙겼다. 허겁지겁 껍데기를 벗긴 다음 초코바 하나를 입안에 구겨 넣었다. 주머니에서 울리는 메시지의 수신을 무시하고 찐득하고 달콤한 당분 덩어리를 우물거렸다. 기형도봇에 접속해 새로 올라온 문장들을 반복해서 읽었다.

점심시간이나 퇴근길에 가끔 네가 다니는 학교, 사는 동네에 가보았다. 너는 거기 살지 않았고 아이들은 네가 사는 곳에 대해 잘 몰랐고 누군가는 너를 돼지 새끼라고 불렀다. 몇번인가 학교 운동장에 혼자 앉아 있고 걸어가며 무언가를 먹는 너를 보았지만 먼발치에 서 있다가 돌아섰다. 너를 불렀다면 뭔가 달라졌을까.

인아를 소개했던 동료가 재혼 소식을 전해줬다. 애가 있는 줄 몰랐어. 알았다면 소개 안했을 거야. 그는 새삼 미안해했다. 만났던 남자들이 다 애 때문에 곤란해했나봐. 결혼 얘기가 몇번 오갔는데 잘 안됐다고 하더라고. 솔직히 좀 그렇잖아. 애가 아주 어린 것도 아니고. 이번에 만난 남자는 좀 어리바리한가봐. 알았다고 그만하면 충분하다는데도 동료는 말을 멈추지 않았다. 그들은 내가 애 딸린 여자에게 걸리지 않고 허방을 디디지 않은 걸 다행이라 여기는 듯 했다. 그동안 여자를 만날 기회가 몇번 있었지만 인연이 계속 이어지지는 않았다.

삶의 어느 순간마다 네 생각이 났다. 네 나이 또래의 남자애들이 뛰어다니는 것을 볼 때, 맛있는 것을 먹을 때. 나도 모르겠다. 우리는 그저 1년 동안 수요일에만 만났을 뿐인데. 피 한방울 섞이지 않은 남인데 왜 그렇게 마음에 남았는지. 처음에 너는 그저 작은 얼룩 같았는데 시간이 지나도 지워지지 않았고 점점 더 선명해졌다. 나이가 드니 인아가 아니더라도 너랑 만나면서 살걸 그랬다는 후회가 든다. 너를 좀더 일찍 찾았어야 했는데 너무 늦어버렸다.

나는 장의 노트를 접어 쇼핑백 안에 넣었다. 초코바를 하나 더 까서 베어 물었다. 포장마차에서 다른 사람의 눈치를 살피지 말고 김밥과 순대를 더 시켰어야 했다. 그랬다면 속이 비어 울렁거리는 기분은 들지 않았을 것이다. 남은 초코바를 입안에 욱여넣었다. 맞은편 출입문에 서 있는 여자가 밖을 내다보며 수시로 턱 밑을 닦아냈다. 땀을 닦는 줄 알았는데 자세히 보니 선 채로 울고 있었다. 이따금 어깨가 흔들렸지만 눈물은 아주 조용히 흘러내렸다. 여자는 소리나 표정의 변화 없이 손등으로 눈물만 닦아냈다. 보지 말아야 한다고 생각하면서도 자꾸 눈길이 갔다. 나는 한 손으로 주머니 안의 손수건을, 다른 손으로는 끈적해진 초코바 봉지를 꽉 쥐었다.

　―사진 바꾸라고 했지. 죽고 싶냐?

　주머니 안에서 휴대폰이 또 울렸다. 손으로 눌러 입력한 글자의 나열이 아니라 잭나이프나 라이터를 들이대는 위협 같았다. 언제나 이쯤 되면 알아서 기었기 때문에 한번 더 문자를 씹거나 버티면 그다음에 무슨 일이 일어날지 알 수 없다. 그러나 오늘은 계정에 접속하기도 싫고 그런 사진을 더 보고 싶지도 않았다. 땀이 밴 손바닥에는 여전히 휴대폰의 진동이 남아 있었다. 바지에 문질러 닦아도 메시지가 도착했을 때의 진동은 사라지지 않았다. 이대로 지하철에서 내리지 말고 계속 가버릴까. 속이 허전해서 초코바를 하나 더 입에 넣었다. 달고 끈적한 것을 우물거리다 삼키자 원룸 밖에서 몇시간 버티고 나서야 받게 될 일당이 생각났고, 그걸 손에 쥐고 돌아가 다리를 쭉 펴고 앉아 먹게 될 치킨과 맥주의 맛이 입 안에 침처럼 고였다.

　조는 단골 까페의 구석자리에 앉아 있었다. 고개를 숙이고 있는 모습이 학원을 땡땡이친 중학생 같았다. 멱살을 잡아 위로 올리면 다리가 공중에서 맥없이 대롱거릴 것이다. 그대로 바닥에 내리꽂으면 아프다며 울지도 모른다. 반나절 동안 떠나 있었을 뿐인데 단골 까페도, 늘 앉던 자리에서 커피를 마시는 조의 모습도 낯설었다. 눈이 마주치자 조는 빨리 오라고 손짓했다. 불같이 화를 낼 줄 알았더니 휴대폰 화면부터 들이댔다.

"어때? 이거 죽이지?"

새로 출시되는 모델인데 끝내주지 않느냐며 정면과 측면, 날개를 폈을 때의 사진을 보여주었다. 그러나 프라모델이 사라지자 표정이 바뀌었다.

"아까 연이 년이 뭐라는지 아냐? 오늘 컨디션이 안 좋아서 못하겠대. 씨발 죽을라고. 내가 이거 결제를 해야 되는데."

조는 벌게진 얼굴로 욕을 퍼붓다가 담배를 챙겨 일어났다. 다음 주에 여자애 하나 더 데려올 거야. 너도 똑바로 해라. 바닥에 뱉은 침을 운동화로 거칠게 짓이겼다.

원룸 창가의 블라인드가 내려갔다. 남자에게 이상한 낌새가 느껴지지 않고 별다른 문제가 없을 것 같다고 연이 보내는 신호였다. 나는 장의 노트가 든 쇼핑백을 바닥에 내려놓은 뒤 배가 겹치지 않고 허벅지가 붙지 않도록 자세를 여러번 바꿔가며 계단참에 앉았다. 1년 동안 매일 저녁 보았던 골목의 모습이 눈앞에 펼쳐졌다. 또 같은 밤이 될 것이다. 남자가 흥분하는 동안 가로등 불이 켜지고 사정할 무렵 해가 지고 나는 또 허기질 것이다. 어둠이 뼛속까지 내려앉은 뒤 일당을 주머니에 구겨넣으며 내일은 다르게 살겠다고 다짐하지만, 방에 돌아가 배가 터지도록 먹고 마시다 잠들 것이다. 후회의 아침이 밝아올 때면 울 것 같은 기분이 들지만 또 먹이를 찾아 골목을 어슬렁거릴 것이다. 나는 온갖 냄새가 범벅이 된 손으로 얼굴을 문질렀다. 장을 기억하는 소년은 깨어났지만 달라질 것은 없었다.

담배를 피우며 장이 남긴 일기와 편지를 더 읽었다. 대학에 안 가더라도 뭔가 의미있는 걸 배우는 데 썼으면 좋겠다. 고등학교를 졸업하는 나에게 보내는 봉투는 꽤 두툼했다. 그가 쓴 일기와 편지를 읽고 그가 남긴 돈을 만지는데도 장이 이따금 나를 보러 오고 그리워했다는 것이 믿어지지 않았다. 내 안에 그와 함께 보낸 시절이 남아 있다는 게 거짓말 같았다.

골목 저편에서 어슬렁거리던 누렁이가 다가와 쇼핑백 옆에 앉았다. 진물과 피가 엉겨붙은 콧등이 붉었다. 머리와 마른 등을 몇번 쓰다듬은 뒤 주머니에서 찐득해진 초코바를 꺼냈다. 껍질을 벗긴 다음 저만치 던졌다.

이제 여기 오지 마라.

누렁이는 크고 물기 많은 눈으로 나를 쳐다보더니 조심스럽게 그쪽으로 갔다. 어둠속에서 꼬리가 천천히 흔들렸다. 나는 끈끈한 손을 가슴에 문질러댔다.

휴
가

시계를 본 순간 휴가는 끝났다고 생각했다. 그들의 하루는 아직 시작되지도 않았는데 은호는 그런 예감을 지울 수 없었다. 아내는 아직 자는 중이었다. 두 사람 모두 늦잠을 잤다는 게 그나마 다행이었다.

점심에 가까운 첫끼를 먹으며 은호는 베란다 쪽을 쳐다봤다. 겨울인데도 햇빛이 길고 따사롭게, 식탁 근처까지 밀려왔다. 남향이란 좋구나. 햇빛이 잘 드는 게 이 집의 가장 큰 장점이었다. 통장에서 대출이자가 빠져나갈 때마다 은호는 파도처럼 밀려드는 햇빛을 떠올렸다. 아내와 자신이 일하러 나간 수많은 평일의 정오와 오후에도 햇빛은 변함없이 거실에 모여들었다가 빈집에 오래 머문 뒤 썰물처럼 빠져나갔을 것이다. 빈집의 햇빛을 생각하면 뿌듯하면서도 쓸쓸해졌다. 그건 그들의 것이면서 그들의 삶과 상관없이 밀려왔다가 흘러나갔다. 대부분의 시간 동안 그는 사무실의 파티션 아래 고개를 묻은 채 머릿속으로 남향을 즐겼다.

입맛도 없고 반찬도 부실해서 아내와 은호 모두 밥을 깨작거렸다.

어디 가기도 애매한 시간이네.

수저와 밥그릇을 들고 일어나는 아내의 목소리는 가라앉았고 얼굴은 좀 부었다. 그릇은 퉁명스러운 소리를 내며 씽크대에 떨어졌다. 은호는 그 퉁명함이 자신을 향하는 것 같아 언짢았다. 둘 다 어렵게 시간을 맞춰서 얻은 평일 휴가였다. 휴가의 묘미가 선택의 과정에 있다는 걸 알았으므로 두 사람은 새벽까지 다양한 장소를 후보에 올렸다 내리기를 반복했다. 어디에 가서 뭘 할까. 침대에 나란히 앉아 각자 검색한 장소에 대해 얘기할 때는 휴가를 앞둔 설렘 비슷한 것이 그들을 감쌌다. 목적지를 정하지 못한 채 잠들었지만 늦잠은 계획에 없었다. 둘 다 몸에 밴 출근 습관과 알람을 믿었다. 늦잠으로 피로는 약간 해소되었으나 오전 시간이 사라져버려 허무했다.

쉬면서 청소나 해야겠다.

아내는 아쉬운 듯 창밖을 힐끗거렸지만 목소리나 표정은 무심했다.

괜찮겠어?

늦게 출발하면 길도 막힐 거 같고…… 움직이기 귀찮네.

아내는 지난겨울 휴가 때 폭설로 도로에 갇혔던 기억을 떠올리는 듯했다. 은호는 그 말을 집에서 휴가를 보내도 괜찮다는 의미로 받아들였다. 아내가 그렇게 반응하니 그도 어디에 가고 싶은 마음이 사라졌다. 평일에 쓰지 않는 낡은 차는 찬바람을 맞으며 하루 더 주차돼 있으면 그뿐이었다.

정오 무렵의 햇빛은 미지근한 물처럼 발아래서 찰랑거렸다. 은호는 3인용 소파의 왼쪽에 앉아 햇빛에 발을 담갔다. 휴대폰을 손에 쥔 채 날씨와 주요 뉴스를 훑어봤다. 식탁 위를 대충 정리한 아내가 소파의 오른쪽에 와서 앉았다. 둘 사이에는 곰인형 하나 앉혀둘 정도의 여유 공간이 남았다. 슬쩍 보니 그녀는 휴대폰으로 SNS에 접속해서 간밤에 올라온 글들을 읽어 내려가고 있었다. 뭔가에 집중할 때면 입술이 살짝 벌어졌다.

12층의 거실은 고요했다. 위아래 옆집의 사람들이 모두 사라져버린 듯 아무 소리도 들리지 않았다. 가습기에서 분사되는 수증기가 탁자 언저리에서 연기처럼 흩어졌다. 두 사람은 소파에 앉아 말없이 각자의 화면만 들여다봤다. 하루 일과를 마치고 돌아와 휴식을 취하는 기분이었다. 퇴근 후 집에 오면 은호는 소파에 앉아 말없이 휴대폰을 꺼냈다. 그 손바닥만 한 기계와 화면 안에 삶을 이루는 대부분의 것이 들어 있었다. 자고 싶지는 않고 뭔가를 하고 싶지도 않은, 가수면과 흡사한 상태에서 눈과 손가락만 움직였다. 혼자일 때는 3인용 소파를 다 차지하고 길게 누워서, 둘일 때는 은호가 왼쪽 아내가 오른쪽에 앉아 팔다리를 늘어뜨린 채로 각자의 화면을 들여다봤다. 어떤 명령이나 시선, 상황에 구애받지 않고 조용히 마음껏 늘어져 있는 시간, 은호는 그걸 휴식이라고 생각했고 그런 휴식을 누렸다.

그는 주로 게임을 하거나 웹툰이나 드라마를 보았고 가끔 검색 창에 섹시화보라고 입력한 뒤 아슬아슬한 속옷을 입은 여자들의 사진을 감상했다. 노골적인 포르노보다, 뻔한 부위를 겨우 가린 화보 쪽이 상상의 여지가 많았다. 사진을 넘길수록 흥분이 고조됐지만 자위를 하고 싶을 정도로 격렬하지는 않았다. 응축된 흥분이 휴식 위에 점점이 떨어져내리다가 희석되어갔다. 아내가 신경 쓰였지만 이 정도의 흥분은 얼마든지 숨길 수 있다고, 웹툰을 볼 때의 얼굴과 다르지 않을 거라고 믿었다.

아침 일찍 일어나 차를 타고 교외나 경치 좋은 곳에 갔더라도 휴가를 보내는 모습은 비슷했을 것이다. 각자 의자에 앉아 서로에게 간섭하지 않으며 원하는 정보의 화면을 찾아보고 화면을 넘기는 중간에 잠깐 상대를 살펴보았을 것이다. 자신이 보는 것에 대해 짤막하게 얘기한 뒤 의견을 나누는 것으로 충분히 소통했다고 여기며 시간이 흘러갔을 것이다. 그렇게 생각하자 기분이 좀 나아졌다.

가습기를 틀었는데도 눈이 뻑뻑했다. 집이 너무 건조한가. 머리도 지끈거리고 목도 갑갑했다. 휴대폰의 시계가 29분에서 30분으로 넘어갔다. 평일의 열한시 반은 점심을 먹으러 나가는 시간이다. 좀더 정확히 말하면 동료들과 엘리베이터를 타고 내려가 회사 출입문 옆 벤치에서 담배를 피워 무는 시간이었다. 현실의 그는 휴가를 낸 채 집에 있지만 수요일 열한시 반의 몸은 평소와 동일한 양의 니코틴을 원했다. 은호는 가습기에서 나오는 수증기를 쳐다보며 다리를 미세하게 떨었다. 거실의 공기는 식어가는 물처럼 온도가 조금씩 낮아졌다.

아내는 손가락을 빠르게 움직여 화면에 무언가를 입력했다. 그녀가 무엇을 보고 있는지 궁금했지만 묻지 않았다. 은호는 자리에서 일어나 창문이 열린 데가 있나 살펴보고 보일러의 온도를 확인했다. 오래된 보일러가 집 안을 데우면서 그르렁거렸다.

이거 버릴 거지?

밖에 나가 담배 피울 핑계를 찾으며 음식물 쓰레기 봉투와 재활용 비닐을 챙겼다. 결혼생활이 5년쯤 되자 그런 걸 들고 엘리베이터를 타거나 분리수거함에 넣는 게 부끄럽지 않았다. 휴대폰을 보던 아내가 고개를 끄덕이더니 다시 화면으로 눈을 돌렸다.

엘리베이터에서 내리자 바람이 찼다. 은호는 구겨 신었던 운동화에 발을 집어넣었다. 홀수일의 경비는 경비실 의자에 앉아 자고 있었다. 늦은 시간에 퇴근해서 들어올 때도 그는 종종 의자에 기대어 잤다. 뒤로 젖힌 고개는 왼쪽으로 살짝 기울었고 입이 약간 벌어졌다.

이사 왔을 때 은호는 공동 현관문 옆에 경비가 앉아 있는 게 불편했다. 경비실 안에서 오가는 사람들을 파악하고 CCTV 화면도 보고 택배를 대신 받아둔다는 걸 알면서도, 기계가 아니라 사람이 앉아 있다는 게 껄끄러웠다. 안 보이는 것처럼 무시하고 지나가기도 찝찝하고 오갈 때마다 깍듯이 인사하는 것도 내키지 않았다. 은호의 기분과 상관없이 짝수일의 경비는 눈이 마주치면 점잖게 목례하고 홀수일의 경비는 입주민이 지나가면 큰소리로 활달하게 인사를 건넸다. 칠순에 가깝다고 하는데 나이보다 젊어 보였다. 그는 인사뿐 아니라 보관하고 있던 택배를 꺼내주며 농담도 곧잘 했다. 사람들은 그 덕분에 서로 안면을 텄다. 홀수일의 경비는 삭막한 아파트 생활에 작은 활력이 되었다. 은호도 얼마 지나지 않아 짝수일의 경비에게는 목례로, 홀수일의 경비에게는 소리 내어 인사하게 되었다. 얼굴을 익힌 뒤로는 인식기 앞을 지나다니는 것보다 인사를 주고받는 게 인간적이라고 생각했다.

은호는 쓰레기 봉투를 든 채 경비실 앞에 멈춰 섰다. 의자에 앉아 잠이 든 경비는 평소보다 몹시 늙어 보였다. 고개는 뒤로 꺾였고 손은 힘없이 늘어졌다. 햇빛은 인중에 내리꽂혔고 벌어진 입은 검고 꾸덕꾸덕하게 말랐다. 머리도 허옇게 세서 그가 홀수일의 경비가 맞는지 의심스러웠다. 코를 골거나 가슴이 들썩이지 않아 의자에 앉은 채로 충격을 당한 것처럼 보였다. 경비가 움직이지 않는 시간이 꽤 길어지자 은호는 문을 열고 들어가 코 밑에 손가락을 대보고 싶은 충동을 느꼈다. 가슴이나 목 언저리에 구멍이 나 있다 해도 놀랍지 않을 것 같았다. 눈을 번쩍 뜨거나 기지개를 켜서 살아 있다는 걸 보여줬으면 하는 마음과 깨어나서 자신을 발견하게 될까봐 염려되는 마음이 뒤섞였다. 몸을 움찔하다가 은호는 손에 든 음식물과 재활용 쓰레기를 깨달았다. 뭉근하게 썩어가는 냄새가 올라왔고 담배 생각이 그의 등을 떠밀었다. 팔을 벌려 봉투를 몸에서 최대한 떨어뜨린 뒤 계단을 내려갔다.

다시 담배를 피운다는 사실을 알게 되면 아내는 몹시 화를 낼 것이다. 결혼할 때 하나만 약속해달라며 부탁한 것이 금연이었다. 유일한 잔소리나 마찬가지였으므로 은호는 담배를 끊으려고 노력했다. 피우는 개비의 수를 점차 줄여나가다가 반년 만에 끊게 됐을 때 스스로도 놀랐다. 우쭐해져서 열개비 넘게 남은 담뱃갑을 아내에게 보여준 다음 그 앞에서 하나하나 부러뜨렸다. 아내는 그렇게까지 할 필요 없다고 했지만 은호는 애지중지하고 쩔쩔매던 것을 파괴하는 짜릿함에 빠졌다. 아내는 금연 성공 기념으로 백화점에서 비싼 구두를 사주었다.

1년 뒤에는 더 좋은 걸로 선물할게.

사실 구두는 은호가 갖고 싶어하던 것이라기보다는 아내가 마음에 들어하던 것이었다. 다른 걸 얘기하고 싶었지만 그녀의 기분을 망치기 싫어 1년 뒤를 기약하기로 했다. 때마침 회사 안에서도 금연 열풍이 불었다. 은호는 금연에 성공해 동료 몇 사람과 함께 봉투에 든 현금을 받았다. 그는 자신이 뭔가를 해냈다는 사실에 고무됐고 아내는 남편이 약속을 지켰다는 것에 안도했다.

은호는 1년 가까이 금연을 이어갔다. 그는 담배라는 물리적 유혹 자체는 잘 참아냈다. 그러나 일하다가 쉬는 틈에 잠깐, 답답하거나 스트레스를 받을 때 의존할 수 있는 대안책을 마련하는 데는 실패했다. 처음에는 껌, 그다음에는 육포, 양치질, 허브차로 바꿔가며 허전함을 달랬지만 어떤 것도 담배만큼 짧은 시간에 긴장을 풀어주면서 쉬고 있다는 기분을 선사하지 못했다. 같이 금연에 성공했던 동료들도 슬금슬금 건물 옆 벤치, 흡연구역으로 모여들었다. 은호도 3일에 한번, 하루에 한번, 동료들 사이에 서서 담배 연기를 빨아들였다. 점차 하루에 서너번, 어떤 날은 셀 수 없이 자주 그곳으로 가면서 서서히 평일 흡연자가 되어갔다. 공범자가 된 왕년의 금연 성공자들은 눈이 마주치면 싱겁게 웃고 말았다. 다들 집에서는 금연 중이었다. 누구도 자진해서 상패를 반납하려 들지 않았다. 집에서 못 피우니 회사에서 더 많이 피우게 된다는 동료도 있고 집에 가면 금단현상에 시달려서 출근을 기다린다는 경우도 있었다. 은호는 주중의 흡연과 주말의 금연 사이클에 적응하려 애썼다. 아내는 1년 뒤의 선물 약속을 잊은 듯했고 은호도 선물 얘기를 꺼낼 정도로 뻔뻔하지는 않았다.

담배를 피우며 은호는 가끔 아내에게 들키는 순간을 머릿속에 그려봤다. 그 순간을 어떻게 모면할까, 무슨 말로 빠져나올까, 생각하는 동안 더 강력한 흡연 욕구에 시달렸다. 이런저런 말로 발뺌하고 변명하다가 결국에는 인정하겠지만 그는 변명의 과정에 공을 많이 들였다. 아내가 불시에 질문할까봐 대비하려고 시작한 건데 상황에 몰입하다보면 차라리 아내가 알아차리고 공격해오기를 기다리고 있나 싶기도 했다. 가상의 싸움에서 아내가 화내는 장면은 잘 그려지지 않았다. 은호는 스스로에게 시비를 걸고 화를 냈다. 왜 속였느냐고, 그동안 몰래 피웠던 거냐고, 이렇게 믿음을 깨면 앞으로 어떻게 살 거냐고. 그런 다음 스스로를 변호하고 이런저런 핑계를 댔다. 자기와의 싸움에서 그는 대체로 패배했다.

쓰레기를 들고 나올 때의 계획은 한 블록 떨어진 편의점에서 담배를 사는 것이었지만 발이 시려서 아파트 앞의 편의점에 들어가고 말았다. 이렇게 부주의하게 굴다가는 금세 들킬 텐데, 걱정하면서도 낮이니까 보는 사람이 없을 거라고 스스로 합리화했다. 그는 바람을 등진 채 담배에 불을 붙였고 옷에 냄새가 밸까봐 아파트 단지를 걸어다니며 피웠다. 아내가 내다볼지도 모른다는 생각에 베란다나 작은방 창문 쪽에서 보일 만한 곳은 피해 다녔다. 볕은 좋은데 대기가 차가워서 어깨가 움츠러들었다.

놀이터 뒤편의 주차 라인은 이가 빠진 듯 군데군데 비었다. 초입에 세워둔 부부의 차는 세차를 안한 지 오래되어 낡아 보였다. 주차 라인을 따라 모퉁이를 돌자 매끈하게 빠진 외제차가 서 있었다. 검은색의 대형 세단은 배기가스를 뿜으며 미세하게 몸을 떨었다. 이 동네나 아파트에서는 처음 보는 모델이라 눈에 띄었다. 짙은 선팅으로 차내가 보이지 않지만 안의 공기와 시트는 따뜻하게 데워졌을 것 같았다. 9999, 차 번호 좋네. 은호는 담배를 피우며 자신의 중고차에 눈길을 한번 주고 어딘가 떠날 채비를 마친 외제차를 다시한번 쳐다봤다. 차를 바꾼다면 저 모델도 괜찮지 않을까, 생각했다.

놀이터 주변의 벤치는 텅 비었다. 겨울이고 평일 낮이기는 하지만 아파트 안은 지나치게 한산했다. 은호는 103동 앞을 걸어가다 불이 환하게 켜진 집을 보았다. 오래되고 낡은 창틀의 유리문 사이로 내부가 훤히 들여다보였다. 거실과 주방의 조명이 모두 켜져 있는데 가구나 사람은 없고 안이 텅 비었다. 인테리어 공사를 하려는 건가. 재건축 얘기가 끊이지 않는 아파트라 주민들은 집이 지저분하거나 불편해도 그럭저럭 참으며 지냈다. 은호는 유리문 앞에서 서성이며 안을 들여다봤다. 빈 집에 불이 켜져 있는 게 이상하기도 하고 호기심도 생겼다. 누군가 갑자기 모습을 드러낼까봐 두리번거리며 집 안을 살펴보았지만 아무도 나타나지 않았다. 은호는 의아함을 품은 채 천천히 걸음을 옮겼다.

103동 옆으로는 벚나무들과 벤치가 늘어서 있다. 봄이 되면 이 벚꽃길은 오래된 아파트에 새로운 장면을 만들었다. 키가 크고 몸통이 굵고 가지가 무성한 벚나무에 꽃이 피면 낮에는 눈부시고 밤에도 은은하게 빛났다. 아래 벤치에 앉아 점점이 떨어지는 꽃비를 맞고 있으면 감탄 섞인 한숨이 흘러나왔다. 그는 이따금 퇴근길에 거기 앉아 있다가 집에 들어갔다. 어디로 가고 있나, 무엇을 위해 애쓰고 있나, 답이 없는 질문들이 머리와 어깨 위에 내려앉았다. 꽃이 지고 잎이 푸르러지다 잎마저 떨어지면 이곳에 서 있는 것이 벚나무라는 걸 잊었다. 벤치에 앉아 한숨을 쉬는 일도 줄었다.

은호는 앙상해진 벚나무들과 텅 비고 차갑게 식은 벤치들을 지났다. 마지막 벤치에 40대 후반 정도로 보이는 남자가 누워 있었다. 남자는 몸을 등받이 쪽으로 돌린 채 팔짱을 낀 상태였다. 그냥 누워 있는 건지 잠든 건지 알 수 없었다. 멀끔한 회색 코트를 입었고 바지에도 다림질한 주름이 선명했다. 햇빛이 남자의 구두 위에서 반짝거렸다. 검은 구두는 주름도 깊지 않고 잘 닦여 윤이 났다. 머리맡의 꼬깃한 종이봉투와 벤치 밑에 놓인 빈 소주병만이 수상쩍을 뿐이었다. 은호 쪽에서 남자의 얼굴은 보이지 않고 뒤통수와 뺨만 살짝 보였다. 은호는 담배를 한대 더 꺼내 물며 벤치에 누운 남자를 지켜보았다. 겨울치고는 날이 따뜻하지만 벤치에서 자는 건 무리가 아닐까. 그는 언제부터 여기 있었을까 궁금해졌다. 추운 날씨와 상관없이 태평하게 누워 있는 것 같기도 하고 어디가 고장 나거나 멈춰버린 듯도 했다. 남자는 미동도 하지 않았다. 아무리 봐도 호흡의 흔적이 느껴지지 않았다. 그를 보고 있자니 요의가 몰려왔다. 양말을 신지 않은 맨발이 시려 발을 오므렸다가 폈다.

남자를 깨우거나 신고해야 한다는 생각에 주머니를 뒤지는데 휴대폰이 없었다. 휴대폰을 두고 나오다니. 그걸 거실 탁자 위에 뒀는지 소파에 뒀는지 생각나지 않았다. 마지막으로 검색한 화면이 웹툰이었는지 미소녀 섹시화보였는지도 확실치 않았다. 아내는 휴대폰의 잠금을 푸는 지문 인식은 통과하지 못할 테지만 여섯자리의 비밀번호는 쉽게 맞출 것이다. 평소에는 검색한 페이지를 꼼꼼히 지워두는데 오늘은 신경 쓰지 못했다. 휴가라서 여러모로 느슨해져 있었다. 옆 팀 남자직원이 휴대폰에 저장해둔 음란 동영상과 수백장의 사진 때문에 이혼 소송 중이라는 소문이 사무실에 떠돌았다. 원래 부부 사이가 삐걱댔지만 음란물과 사진 들이 발각된 뒤로는 걷잡을 수 없는 지경이 되었다고 했다. 평소에 조심했어야지, 직원들은 농담처럼 말하면서 누구의 사진인지 궁금해했다.

아내는 남의 물건을 함부로 열어보고 뒤지는 성격은 아니지만 그건 장담할 수 없었다. 은호는 이따금 아내의 핸드백과 수첩과 휴대폰을 열어봤다. 무심하게 들여다봤다가 무언가를 찾아내려고 혈안이 될 때도 있었고, 어떤 것을 발견하게 될까봐 두려워하기도 했다. 가끔은 옷장 안을 뒤지다가 상자째 들어 있는 구두와 태그도 떼지 않은 옷을 발견했다. 무늬가 화려하거나 레이스가 요란하게 달려 있었다. 아내가 상자 안의 구두나 옷을 꺼내 입는 것을 본 적은 없다. 상자들은 일정한 시기를 두고 교체되었다. 빨간 하이힐과 가슴이 깊게 파인 블라우스는 벨벳 구두와 가죽 가방으로 바뀌었다. 이전의 것이 버려지는지 반품되는지는 알 수 없었다. 숨겨놓은 것이므로 왜 이런 걸 처박아두는 거냐고, 저번의 그 상자는 어디에 갔느냐고 물어볼 수도 없었다. 은호의 의문과 상관없이 옷장 속의 세계는 알고 있어도 말할 수 없는 것이었다. 아내가 돈 걱정을 하거나 입을 옷이 없다고 투덜거릴 때마다 은호는 옷장 속의 상자들을 떠올렸다. 그것들에 대해 말하고 싶어 입이 근질거렸다. 그러나 누구에게나 감춰둔 상자는 있는 법이라고 생각했다.

은호는 휴대폰의 비밀번호와 화면을 걱정하며 벤치에 누워 있는 남자를 보았다. 담배 한대를 다 피우는 동안에도 남자는 아무런 움직임이 없었다. 다가가 그의 코 밑에 손을 대보고 싶었지만 요의가 급격하게 퍼져 참기 힘들었다. 남자를 다시 쳐다본 뒤 집 쪽으로 걸어갔다.

현관문을 열자 세탁기 돌아가는 소리가 희미하게 울리고 아내는 반쯤 열린 옷장 문 앞에 서 있었다. 바닥에는 옷가지들이 지저분하게 흐트러져 있었다. 은호는 들어가서 그 안을 들여다보고 싶었지만 아내가 담배 냄새를 맡을까봐 욕실에 들어가서 비누 거품으로 손과 얼굴을 문질러 씻었다. 입안도 여러번 헹구었다. 요의에 비해 소변의 양은 많지 않았다.

왔어?

어. 쓰레기 버리고 한바퀴 돌다 왔어.

왜 이렇게 늦었냐고 물을까봐 은호는 날씨 얘기를 몇마디 늘어놓았다. 나가다보니까 경비 말이야……라고 말해놓고 나니 뭔가 석연치 않았다. 들어올 때도 경비가 자고 있었나, 기억을 더듬어봤지만 떠오르지 않았다. 별다른 인상이 없다면 계속 자고 있었던 게 아닐까. 깨 있었다면 못 봤을 리가 없다고 생각했지만 확실치는 않았다. 그가 거기 있었던가. 은호가 얼버무리는 사이 아내는 휴대폰을 들여다보며 택배가 사무실로 갔나봐, 오늘은 집에서 받았어야 했는데, 하며 중얼거렸다. 얼굴에 낭패감이 번졌다.

은호는 소파 위에 놓인 휴대폰을 손에 쥔 채 지문을 인식시켰다. 유두와 음모를 겨우 가린 일본 모델이 옆으로 누워 있는 사진이 떴다. 얼른 화면을 지우고 거실의 텔레비전을 켰다. 여전히 서늘하고 갑갑한 공기가 거실에 가득했다. 몇시간 뒤면 해가 지고 휴가가 끝날 텐데 하루를 이렇게 보내도 되나, 지금이라도 어디 가야 하는 게 아닌가 생각하다가 벤치 위의 남자를 떠올렸다. 그는 어떻게 됐을까. 아내는 바닥의 옷을 개어 쇼핑백에 넣은 뒤 옷장 문을 닫았다. 거실에 옷 먼지가 떠다녔다. 은호는 리모컨으로 텔레비전 채널을 계속 바꿨지만 홀수일의 경비와 벤치 위의 남자 때문에 집중이 되지 않았다.

아내가 겉옷을 입으며 휴대폰과 지갑을 챙겼다.

먹을 게 하나도 없네. 나가서 빵 좀 사올게.

은호도 소파에서 몸을 일으켰다.

내가 갔다 올게.

집에만 있었더니 좀 답답해서 그래. 오늘 많이 추워?

춥지. 103동 옆의 벤치에,라고 했다가 입을 다물었다. 남자의 안부가 궁금했지만 아내가 그 남자를 보는 건 꺼림칙했다. 아내가 먹고 싶은 빵 있어? 하고 물었다. 아무거나. 딱히 빵을 먹고 싶은 건 아니었지만 아침이 부실했던 탓인지 입이 심심했다.

식탁까지 들이치던 햇빛은 이제 소파에 앉은 은호의 발끝에서 찰랑거렸다. 남자의 구두 위에서 빛나던 햇빛이 떠올랐다. 은호는 휴대폰으로 겨울철 동사에 대해 검색했다. 추운데 밖에서 자면 몇 시간이나 버틸 수 있을까. 술에 취한 상태라면, 노숙자가 아니라면. 사람들의 답변은 제각각이었다. 남자는 입만 돌아갈 수도 있고 폐렴에 걸릴 수도, 죽음이 코앞에 닥쳤을 수도 있었다.

광고가 끝난 케이블 채널에서는 가상 부부가 된 미혼의 남녀 스타가 나왔다. 그들은 브런치를 먹으며 나들이 계획을 세웠다. 어디에 놀러 가고 싶은지 서로에게 물었고 남자는 너와 함께라면 아무데나 좋다고 말하며 웃었다. 워터파크와 놀이공원, 미술관과 콘서트 관람이 데이트 코스 후보에 올랐다. 그들은 자주 웃었고 한눈을 팔지 않았고 고개를 끄덕이며 온몸으로 상대의 말을 흡수했다. 은호는 카메라가 돌아가지 않을 때나 촬영장에서 이동하고 대기할 때 두 사람이 어떻게 휴식을 취하며 시간을 보낼지 궁금해졌다.

빵집은 아파트 정문 앞에 있는데 아내는 많이 늦었다. 은호는 3인용 소파에 길게 누워 하품을 하며 시계를 봤다. 어제도 그저께도 이때쯤 나른해졌고 집중력이 떨어져 흡연구역으로 갔다. 초침의 움직임을 보며 벤치에 가서 그 남자가 어떻게 되었나 보고 올까, 베란다에 나가 담배를 한대 피울까 고민했다. 아내가 나가자마자 움직일걸. 은호는 베란다의 창문을 연 채 아내가 나갔던 시간과 돌아올 시간을 가늠해본 뒤, 책장 안쪽에 숨겨놓은 담배를 꺼내 물었다. 바깥 창문은 열고 베란다 문은 닫은 채 현관문을 의식하며 몇모금 빨아들였다. 그는 평소와 다르게 무모하고 즉흥적으로 행동했다.

집에 들어오면 아내는 냄새의 정체를 알아내고 따질 것이다. 은호가 변명을 하면 단순히 담배 때문에 화를 내는 게 아니라고 하겠지. 결혼기념일을 잊어버렸을 때도, 엉뚱한 생일 선물을 사왔을 때도 아내는 그렇게 말했다. 중요한 건 그게 아니잖아. 당신은 마음이 딴 데 가 있다고. 아내의 그 말은 반은 맞고 반은 틀렸다. 은호는 반 개비 정도 피운 뒤 베란다의 찬바람 속에 한참 서 있었다. 냄새가 어느정도 날아갔다고 느껴질 때쯤 안으로 들어왔다. 창문을 열어둔 채 거실에 공기 탈취제를 분사했다. 그사이에 가상의 부부는 스키장에 가기로 결정했다.

빵 봉투를 들고 온 아내는 숨을 가쁘게 몰아쉬었다. 식탁에 봉투를 내려놓으며 맛있는 빵은 다 팔렸다고 투덜거렸다.

사거리에 있는 빵집까지 갔는데 거기도 비슷하더라고.

아내는 휴대폰과 지갑을 내려놓은 뒤 점퍼를 벗었다. 세탁소에 맡길 옷을 챙겨났는데 안 갖고 나갔어. 손을 씻으러 욕실에 들어갈 때까지 그녀는 몹시 소란스러웠다. 아내가 담배 냄새를 맡을까봐 잔뜩 긴장했던 은호는 소파에 기대 누웠다. 아내가 저렇게 쿵쿵거리며 걸었나. 핸드크림을 바를 때 손등으로 부비고, 검지로 귀를 파고, 눈을 두번씩 깜박거리고, 뒷머리를 자주 긁적거렸다. 스키장에 가기 위해 짐을 싸며 장난을 치는 가상의 부부와 부산하게 움직이는 아내를 번갈아 보았다. 햇빛은 이제 베란다의 문턱까지 밀려났다. 문득 반만 피우고 버린 담배가 아까워졌다.

빵 봉투를 연 아내가 냉장고에서 크림치즈와 생크림을 꺼냈다.

추운데 이사하는 집이 있더라고.

은호는 103동 1층의 불 켜진 집을 떠올렸다. 이사 때문에 집이 비었을 거라는 생각은 못했다. 그 집과 벚나무 아래 벤치는 지척이었다. 아내의 말은 차가운 벤치와 거기 누워 있던 남자를 떠오르게 했다.

103동 말하는 거지?

은호는 벤치 위에 누워 있는 남자를 보았느냐고, 아직 거기 있느냐고 묻고 싶은 걸 참았다.

그 집이 103동인가? 바람이 부니까 고층으로 사다리차 오르내리는 것도 불안해 보이더라.

봉투 안에서는 마늘바게트와 유기농 호밀빵이 나왔다. 아무 거나,라고 말했지만 거칠고 퍽퍽한 빵을 먹고 싶지는 않았다. 난데없이 크림소보로나 단팥빵처럼 달고 부드러운 게 당겼다. 아파트가 이토록 조용하고 한산한데 그 많은 빵을 누가 다 사간 걸까. 커피머신의 전원을 켜고 나서야 두 사람은 캡슐이 하나밖에 남지 않았다는 걸 알게 됐다. 커피 캡슐을 주문했는데 택배가 사무실로 갔어, 하며 아내는 한숨을 쉬었고 은호는 일어나서 점퍼를 챙겼다.

그냥 하나로 나눠 마셔.

아내가 가볍게 말렸다.

모처럼 쉬는데 맛있는 커피 마시자.

그는 괜찮다는 아내의 목소리를 뒤로한 채 커피를 사러 나갔다. 엘리베이터에서 내리자마자 경비실 안을 살폈다. 경비실 앞 유리에는 청소 중이라는 팻말이 붙어 있었다.

검은색 외제차는 여전히 그 자리에 주차되어 있었다. 은호는 주위를 살핀 뒤 차를 다시 보았다. 9999. 이번에도 시동이 걸려 있는 상태였고 배기가스는 가래 끓는 소리를 내며 흘러나왔다. 나갔다 온 뒤 다시 외출을 하려는 건가. 운전자는 보이지 않았고 차 앞 유리에는 아파트의 주차 스티커도 연락처나 명함도 꽂혀 있지 않았다. 배기가스는 빠르게 흩어졌지만 공회전 소리가 신경에 거슬렸다. 엔진이 과열되고 내부에서 뭔가 들끓는 것 같았다. 차를 이대로 두어도 되나. 은호는 주위를 둘러보았다. 청소 중이라는 경비원은 어디에 있는지 보이지 않았다. 약간 거리를 두고 서서 담배에 불을 붙였다. 담배를 비벼 끌 무렵 맞은편 현관에서 머리가 벗어진 50대의 사내가 걸어나왔다. 사내는 마트의 로고가 새겨진 비닐봉투를 들고 시동이 걸린 차 쪽으로 다가왔다. 등산화를 신었고 등산복을 입었는데 겉옷은 걸치지 않았다. 주위를 둘러보는 사내의 눈이 구멍이라도 난 것처럼 휑했다. 그가 은호의 옆을 지나갈 때 비닐봉투 안에 든 라면과 부탄가스, 번개탄 몇개가 눈에 띄었다. 부탄가스와 라면과 번개탄은 잘 어울리는 조합이면서도 어딘가 이상해 보였다. 평일 오후에 등산복을 입은 사내가 그것들을 어떤 식으로 사용할지 알 수 없었다. 그것들은 사물이고 비닐에 싸인 상태고 어떤 가능성에 불과했다. 그런데도 비닐봉투 안에 든 것들이 대머리 사내와 함께 멀어져간다는 게 불길했다. 은호는 누구라도 이런 장면을 보면 서늘한 기분에 휩싸이는 건지 자신이 특별히 예민한 건지 생각해봤다. 오늘이 이상한 건지 원래 삶 속에 이런 장면이 늘 섞여 있는 건지도 의문이었다. 비닐봉투를 든 사내가 차에 타고 문이 닫혔다. 차는 천천히 움직였다. 번개탄을 싣고 출발하는 사내에 대해 낙관하기 어려웠지만 차는 이미 시야에서 사라졌다.

주머니 안의 휴대폰을 만지작거리다가 은호는 자신이 커피를 사러 나왔다는 걸 깨달았다. 아내는 따뜻한 까페라떼에 샷을 추가해달라고 했다. 빵집 건너편의 까페에는 몇명의 손님들이 앉아 있었다. 은호는 의자에 앉아 커피를 기다리며 창밖을 내다봤다. 오후의 사거리는 차량 소통이 원활하고 사람들은 횡단보도 앞에 서서 보행자 신호를 기다렸다.

은호는 두잔의 커피를 받아 들고 아파트 단지로 들어갔다. 주머니 안의 담배를 더듬다가 벤치의 남자가 떠올라 그쪽으로 방향을 틀었다. 벤치 밑의 소주병은 그대로인데 누워 있던 남자는 보이지 않았다. 은호는 안도하며 걸음을 옮겼다. 쇠로 된 쓰레기통 옆에 검은 가죽 구두 한켤레가 놓여 있었다. 은호는 쭈그리고 앉아 구두를 들여다봤다. 남자가 신고 있던 것 같기도 하고 주름이 깊은 걸로 보아 누군가 내다버린 것 같기도 했다.

은호는 담배를 한대 더 피우고 들어갈까 망설였다. 커피가 식을까봐 걱정이 되었다. 그때 쿵 소리가 아파트 안에 울렸다. 높은 데서 육중한 것이 바닥으로 떨어질 때 나는 소리였다. 은호는 주변을 살펴본 뒤 고개를 젖혀 위를 쳐다봤다. 아내가 말했던 이삿짐 사다리차인가 싶었으나 고층 베란다의 창문들은 굳게 닫혀 있었다. 소리의 정체나 행방이 묘연해졌고 주위는 다시 정적에 잠겼다.

그때 앞 동의 옥상 난간 위에 사람이 서 있는 게 보였다. 15층에서 계단으로 반층만 올라가면 옥상문이 나왔다. 낡은 아파트라 옥상 출입은 비교적 자유로웠다. 입주민들의 옥상 출입을 제한, 금지한다는 경고문이 붙어 있지만 빛바래고 나달거리는 종이의 문구를 지키는 사람은 별로 없었다. 은호도 슈퍼 문이나 유성을 보기 위해, 바람을 쐰다는 핑계를 대며 담배를 피우기 위해 아내 몰래 올라가곤 했다. 옥상으로 가는 계단에는 지상의 냄새와 온도에서 살짝 벗어난 공기가 서늘하게 떠다녔다. 막상 문을 열고 나가면 특별할 것 없는 풍경이 펼쳐졌지만 동그랗고 차가운 쇠 손잡이를 잡은 뒤 둔중한 문을 밀 때 가벼운 긴장감이 뒷목에 들러붙었다. 옥상에는 언제나 사람이 있었다. 담배를 피우며 통화를 하는 사람, 이어폰을 낀 채 휴대폰을 들여다보는 사람. 간혹 10대 후반이나 20대 초반의 남자애들이 몰려와 캔 맥주를 마시기도 했다.

처음에 은호는 옥상 위에서 마주치는 사람들을 약간 경계했으나 올라가는 횟수가 잦아질수록 무감해졌다. 그러나 밑에서 옥상 난간 위에 서 있는 사람을 보는 건 달랐다. 난간 위의 사람은 검은 점퍼 차림의 중년 남자였고 검은 털모자까지 써서 검은 덩어리처럼 보였다. 그는 고개를 숙인 채 아래를 내려다봤다. 난간은 아주 좁지도 않고 부서질 위험도 적지만 남자의 무게중심은 아래로 잔뜩 쏠린 채 불안하게 휘청거렸다. 은호는 옥상 위의 남자를 지켜보며 담배를 피웠다. 비벼 끌 때까지 그는 움직이지 않았지만 여전히 위태로운 상태였다. 아까의 쿵 소리와 남자가 어떤 연관이 있는지, 그저 바람을 쐬고 있는 건지 이유는 알 수 없지만 그가 뛰어내릴까봐 눈을 뗄 수 없었다.

은호는 일이 벌어지는 순간 신고해야 한다는 생각에 주머니에서 휴대폰을 꺼냈다. 서둘러 잠금을 풀려다 그대로 바닥에 떨어뜨렸다. 휴대폰을 집어든 순간 흉하게 깨진 액정 화면이 눈에 들어왔다. 날카롭고 묵직한 것으로 내려친 것처럼, 하나의 충격점 옆으로 많은 금이 번져나갔다. 은호는 황망한 심성으로 표면을 쓸어보았다. 깨진 부분이 베일 것처럼 날카로웠다. 휴대폰을 바닥에 떨어뜨린

게 처음은 아니었다. 집이나 회사에서 여러번 떨어뜨렸다가 대수롭지 않게 집어들었다. 가끔 버스나 지하철에서 화면이 깨진 휴대폰을 쓰는 사람을 보면 어쩌다 저렇게 됐나 의아했는데 자신이 딱 그 모양이 되었다. 그동안 멀쩡했던 건 운이 좋았던 덕분이었다. 홈버튼과 암호와 아이콘들을 차례로 눌러봤다. 기능에는 문제가 없는 듯했지만 화면이 온통 갈라져 지저분하게 보였다. 고개를 들어보니 남자는 여전히 거기 서 있었다. 은호를 보는 것 같기도 하고 바닥의 무언가를 보는 것 같기도 했다. 그는 언제까지나 거기 서 있을 것 같았다. 은호는 휴대폰을 주머니에 넣었다.

은호가 사온 커피와 아내가 사온 빵을 식탁에 놓고 두 사람은 마주 앉았다. 혹시라도 담배 냄새가 날까봐 은호는 아내와 최대한 멀리 떨어졌다. 빵은 그가 원하는 종류가 아니었고 아내가 부탁한 커피는 식어서 라떼의 거품이 푹 꺼졌다. 커피 맛을 본 아내가 얼굴을 살짝 찌푸렸지만 왜 이렇게 늦은 거냐고 묻지는 않았다.

무슨 냄새 나지 않아?

커피를 한모금 마신 아내가 킁킁거렸다. 은호는 그녀와의 거리를 넓히기 위해 뒤로 좀더 물러났다. 들어오자마자 손을 씻고 입을 헹궜어야 했는데 방심했다.

응? 무슨 냄새?

뭐가 타는 냄새가 나.

그래? 환기 좀 시킬까?

은호는 베란다에 나가 창문을 활짝 열었다. 밖으로 고개를 내민 채 숨을 크게 들이마셨다. 몰래 제 가슴과 겨드랑이에 코를 박고 냄새를 맡았다. 찬바람과 담배연기가 뒤섞인 냄새가 났다. 집의 창문에서는 건너편 옥상도 쓰레기통 옆에 버려진 가죽 구두도 보이지 않았다. 아내는 크림치즈를 바른 빵을 먹고 커피를 마셨다.

은호와 아내는 소파의 양쪽 끝에 앉았다. 뭐 이런 걸 봐. 아내는 리모컨으로 채널을 바꿨다. 스키장에서 데이트를 즐기는 가상의 부부는 서로의 얼굴을 쳐다보며 웃다가 사라졌다. 영화 채널에서는 반년 전에 관객몰이에 성공한 영화를 방송했다. 두 사람은 영화를 보는 것도 아니고 안 보는 것도 아닌 상태에서 각자 손 안의 화면을 들여다봤다. 은호는 허리를 곧추세웠다. 금이 간 부분은 터치가 잘 안돼서 화면 여기저기를 섬세하게 눌러야 했다. 어렵게 원하는 화면에 접속해도 온통 갈라져 보였다. 그걸 집중해서 보자니 눈이 피곤해졌다. 아내는 뭘 보는지 이따금 한쪽 입꼬리가 올라갔다. 그녀는 아까와 다를 바 없는 휴식을 이어갔지만 은호는 깨진 화면 때문에 휴대폰에 집중하기가 어려웠다. 바닥에 떨어져 깨진 게 휴대폰이 아니라 남은 시간 동안의 휴식인 것 같았다. 은호는 휴대폰을 내려놓은 채 눈을 감고 고개를 뒤로 젖혔다.

나 이따 나갈지도 몰라.

아내는 휴대폰 화면에서 눈을 떼지 않은 채 얘기했다. 근처에 사는 친구와 연락이 닿았는데 만날까 한다고 했다. 아내는 분주하게 메시지를 주고받더니 방에 들어기 옷깅 문을 열었다 닫았다 했다. 가습기를 틀어놨는데도 실내가 건조했다. 휴가인데 저녁에 꼭 나가야 하나, 저녁을 혼자 먹으라는 건가, 휴가를 이렇게 보내도 되나, 싶은 마음과 아내가 빨리 나가 버렸으면 좋겠다는 마음이 뒤섞였다.

세탁소 갔다 올게. 옷 맡기는 걸 깜박했어.

아내는 옷이 든 쇼핑백을 들고 나갔다. 은호는 소파에서 일어났다가 다시 앉았다. 상가의 세탁소는 멀지 않아서 다른 생각은 하지 않는 게 좋았다. 휴대폰을 들었다가 맥없이 내려놓은 뒤 텔레비전 채널을 돌렸다. 스키를 타는 건 제대로 보지도 못했는데 이미 가상의 부부는 펜션에서 저녁 준비를 하고 있었다. 미션은 서로를 위한 특별 메뉴 만들기. 가상 결혼 프로그램은 두 사람이 절대 결혼하지 않을 것을 전제로 보여주는 프로그램이라 남녀 배우는 함께하는 모든 날들을 이벤트로 장식했다. 비현실적이라고 생각하면서도 가상의 결혼생활이 궁금해 계속 틀어두었다. 머릿속으로는 아내가 친구를 만나러 나가면 저녁시간을 어떻게 보낼까 계획을 세웠다.

현관문을 열고 들어오는 아내의 등 뒤로 어둠이 따라 들어왔다. 그 모습이 퇴근 뒤 귀가할 때의 풍경과 비슷했다. 소파에 앉은 아내는 겉옷도 벗지 않은 채 가만히 앉아 있었다. 뺨 옆으로 그림자가 어룽거렸다.

어떻게 하기로 했어?

뭘?

약속 말이야. 나갈 거야?

연락 기다리는 중이야.

아내는 엄지손톱으로 손바닥을 긁었다.

택배가 없어진 것 같아.

아내의 손바닥은 붉게 부풀어서 피가 날 것 같았다.

업체에서는 보냈다는데 사무실에도 안 왔다고 하고.

은호는 소파에 기댔던 몸을 조금 일으켰다.

경비실에는 가봤어?

택배 모아두는 데 봤는데 거기에도 없어.

경비 아저씨는? 경비 아저씨한테 물어보면 되잖아.

홀수일의 경비를 떠올리자 은호는 어쩐지 조급해졌다.

청소 중이라고 돼 있더라고…… 그 상자가 어디로 갔지.

아내는 손을 바꾸어 반대쪽 손바닥을 긁었다. 은호의 휴대폰 화면에서 미세한 부스러기가 떨어져내렸다. 은호는 일어나서 거실의 불을 켰다. 어둠이 구석으로 스며들었다.

아내는 일어나서 물을 한 컵 마시더니 소파의 끝에 앉아 휴대폰을 들여다봤다. 저녁이 되어 거실의 공기는 좀더 서늘해졌다. 은호와 아내는 거의 움직이지 않았고 시간만 그들 옆으로 지나갔다. 은호는 금이 간 휴대폰 화면을 쳐다보면서 아내가 기다리는 택배 상자 안에 무엇이 들어있을까 생각했다. 옷장 안의 상자에 대해 말할 수는 없지만 기다리는 것에 대해서는 물어볼 수 있었는데, 타이밍을 놓쳐버렸다.

보지 않기로 했어.

뭘?

친구랑 만나기로 한 거.

아내가 확답한 건 일곱시가 넘어서였다. 혼자 저녁을 먹는 건 내키지 않았으면서 막상 아내가 나가지 않는다고 하니 어쩐지 아쉬웠다. 마트에도 안 가고 냉장고도 빈 상태라 저녁은 나가서 먹기로 했다. 어디 가서 뭘 먹을까에 대해 얘기하다가 오늘 아무 데도 안 갔으니 제대로 된 저녁을 먹자는 데 의견이 모였다. 보상 심리가 작용한 거창한 저녁 계획은 퇴근시간에 차로 움직이는 문제에 부딪치자 김이 빠졌다. 외식은 배달 음식으로 방향을 틀었고 회사에서 점심, 저녁으로 자주 먹는 음식들은 후보에서 뺐다. 중국 음식이나 치킨, 피자처럼 식상한 메뉴와 백반, 찌개류도 제외했다. 외식의 특별함을 누리고 싶으면서 집밥의 느낌이 났으면 좋겠다는 이중적인 욕망이 메뉴 선정을 어렵게 만들었다. 아내는 자꾸 아무거나,라고 하면서 은호가 말하는 메뉴에는 시큰둥하게 반응했다. 결국 뜨끈한 보쌈과 막국수를 주문한 뒤 두 사람은 식탁에 마주 앉았다. 따뜻하고 부드러운 고기와 매콤한 면, 그건 그들이 바라는 최상의 조합에 가까웠다.

젓가락을 움직이며 은호는 포만감이 몸을 따뜻하게 데워나가는 걸 느꼈다. 빈 그릇을 현관 앞에 내놓으면서 벤치에 누워 있던 남자와 번개탄을 든 사내, 옥상의 난간에 서 있던 남자의 저녁에 대해 상상했다.

하루 잘 쉬었다.

아무 데도 안 가고 쉬는 것도 괜찮네.

은호와 아내는 식탁을 대충 치운 뒤 최신 영화를 한편 골라 결제했다. 명성에 비해 내용은 시시하다고 생각하며 중간에 화장실에 다녀오고 물을 마시러 갔다 오며 멈추기를 여러번 했다.

굿 나이트 인사를 나눈 뒤 두 사람은 침대에 누웠다. 은호는 어둠속에서 아내가 잠들기를 기다렸다. 밖에 나가 담배도 한대 피우고 아파트 안을 한바퀴 돌아보고 싶었다. 야간 순찰을 앞둔 경비원처럼 머릿속으로 동선을 짰다. 옆에 누운 아내는 계속 뒤치락거리며 잠들 기색이 없었다. 은호는 눈을 느리게 감았다 뜨며 벤치와 옥상과 경비실을 생각했다.

은호는 알람이 울리기도 전에 눈을 떴다. 침대에서 뭉그적거리지도 않고 바로 일어났다. 출근하는 날의 아침은 휴가의 흔적을 말끔하게 밀어내며 밝아왔다. 은호와 아내는 평소처럼 신속하게 출근 준비를 마쳤다. 아내가 10분 먼저 나가고 은호는 집 안의 전등과 보일러를 확인한 뒤 어제 피우다 남은 담배를 주머니에 챙겼다. 거실을 둘러보며 빈집에 밀려올 햇빛에 대해 잠시 생각했다. 엘리베이터를 타고 공동 현관문을 통과하는 동안 그는 평일의 샐러리맨이 되었다. 휴대폰 액정의 금이 어제보다 더 번져나간 것 같았다.

뒷 모 습 의 발 견

전화기에서 흘러나온 말은 여자의 머리를 둔중하게 내리쳤다. 충격은 소리 없이 내부로 흡수되었지만 질문이 던져진 자리는 우묵하게 패었다. 점심시간은 여자의 고통 같은 것엔 관심이 없다는 듯 평소와 같은 템포로 흘러갔다. 밥을 몇숟가락 국에 만 뒤에도 여자는 떠먹지 않았다. 통증이 머리에서 몸으로 번져나가는 걸 느끼며 마른 침만 여러번 삼켰다.

"출근도 안하고 휴대폰도 꺼져 있던데, 김과장님한테 무슨 일 있습니까?"

이과장이라는 남자의 목소리는 억양 없이 무미건조했다. 말투가 덤덤해서 재고 있습니까?라고 묻는 것 같았다. 네?라고 반문한 뒤에도 여자는 말을 잇지 못했다. 휴대폰을 들고 교무실 밖으로 나온

다음에야 사실 그게…… 하면서 말을 꺼냈다. 어제 강원도에서 있었던 일에 대해 두서없이 털어놓는 동안 목소리와 입술, 휴대폰을 든 손이 차례로 떨렸다. 이번에는 상대방이 침묵했다. 그럼 실종됐다는 말인가요? 이과장은 실종이라는 단어에서 목소리를 죽였다. 사고인지 실종인지 잘 모르겠어요. 주위를 살펴보며 여자도 목소리를 낮췄다. 무슨 일이 벌어졌고 어떤 상황에 처한 건지 판단하기 어려웠다.

"회사에는 정말 안 나온 거죠?"

말도 안되는 질문이고 이상한 사람으로 보일 걸 알면서도 여자는 다시 확인했다. 남편이 돌아오지 않았다는 사실을 믿기 힘들었다. 이과장은 가볍게 한숨을 쉬더니 제가 그 문제 때문에 전화 드린 겁니다, 했다.

아침에 일어나서 출근 준비를 하고 딸아이를 언니 집에 맡기고 학교에 도착해서 수업하고 시험 문제를 만들고 상습적으로 지각하는 애들과 상담하는 동안 남편에 대해 생각할 겨를이 없었다. 같이 여행을 갔고 그곳에서 남편이 사라졌다는 사실조차 잊을 정도로 시간이 빠르게 지나갔다. 이과장이라는 사람의 전화를 받은 뒤에야 남편이 없어졌다는 게, 하루가 지났는데 집과 회사 어느 쪽으로도 돌아오지 않았다는 게 실감났다.

수업이 끝난 뒤 여자는 112에 전화를 걸어 남편이 설악산에서 실종된 것 같다고 말했다. 자신의 인적 사항을 밝히고 묻는 말에 대답했다. 육하원칙을 대충 따랐지만 다행히 그들은 '왜'에 대해서는 그다지 관심이 없었다. 신고 절차는 간단했다.

일기예보에서는 태풍이 북상하고 있다는 소식을 전했다. 습기 때문에 머리카락이 자꾸 얼굴에 달라붙었다. 일본을 경유한 태풍은 주말쯤 서울에 도착할 예정이었지만 당장이라도 무언가 쏟아져 내릴 것처럼 하늘이 어두웠다. 구름의 움직임이 수상하고 불길했다.

이과장은 월말이라 바쁘다고 했지만, 퇴근 후 여자가 회사 근처의 까페에 와 있다고 하자 잠깐 시간을 내보겠다고 대답했다. 창가에 자리잡은 여자는 양복을 입은 남자가 유리문을 열고 들어섰을 때 어, 하며 몸을 일으켰고 하마터면 지윤 아빠, 하고 부를 뻔했다. 그 사람이 까페 안으로 들어와서 두리번거리며 휴대폰을 꺼낸 뒤에야 남편이 아니라는 걸 알고 도로 자리에 앉았다. 중키에 회색 양복을 입고 검은 테 안경을 쓴 남자는 여자가 휴대폰을 받는 걸 확인하곤 맞은편 의자에 와서 앉았다. 가까이에서 보니 이과장의 양복과 안경테는 남편의 것과 비슷했다.

식사는 하셨느냐, 바쁘실 텐데 시간을 내주셔서 감사하다, 여자가 허둥대며 말하자 이과장은 퇴근하는 길이 아니라 다시 들어가봐야 한다고 대꾸했다. 창백한 얼굴색 때문인지 눈 밑이 거무스름했다.

"일단 김과장님 결근은 병가 처리해뒀습니다. 그런데 아까 얘기하신 게 진짭니까?"

"네. 어제 새벽에 설악산에 올라간다고 나가선…… 전화기도 꺼져 있고 연락도 없고, 몇시간 전부턴 아예 없는 번호라고 나오더라고요."

"경찰에 연락하셨다고 했으니까 기다려보는 수밖에 없겠네요."

이과장은 아이스커피에 시럽을 듬뿍 넣었고 여자는 자신도 모르게 손톱 끝을 물어뜯었다.

여행지로 강원도를 추천한 건 남편이었다. 며칠 뒤면 10주년 결혼기념일이었다. 제주도는 몇번 갔으니까 설악산 어때? 속초에서 바다도 보고,라는 말에 여자는 나쁠 거 없지,라고 대답했다. 휴양지를 선호하는 편이라 동남아 쪽을 염두에 두고 있었지만 휴일은 이틀뿐이었다. 설악산이나 속초가 싫진 않았지만 기대감은 줄어든 게 사실이었다.

행선지가 평범한 대신 여행의 시기만큼은 적절했다. 여자는 학기의 중간, 시험 준비와 업무, 생활에 치여 숨이 가빴다. 팔다리의 움직임을 멈추고 물 밖으로 나와 잠깐 숨을 고르고 싶다고 생각하던 차였다. 때마침 공휴일과 개교기념일이 나란히 붙어 있었고 남편이 여행 얘기를 꺼냈다. 평일에 시간을 내기 힘든 남편도 어렵게 하루 휴가를 얻었다. 망설이거나 머뭇거리면 황금연휴는 북적거리는 패밀리 레스토랑에서의 한끼 식사와 영화 관람 정도로 마무리될 게 뻔했다. 여자는 여행 계획에 고개를 끄덕거렸다.

몇년 전만 해도 결혼 10주년 기념에 대한 계획은 다양했다. 기념 촬영을 하자, 일주일에 한번씩 서로에게 영상 편지를 쓰지, 동유럽에 가자, 우리만의 티 테이블과 의자를 만들자. 하지만 지켜진 건 하나도 없고 시도조차 하지 않았다. 계획을 거창하게 세울 수 있었던 건 10주년이 멀게 느껴져서였을 것이다. 막상 10년차에 접어들자 두 사람은 결혼생활과 자신들의 30대가 이토록 빨리 흘러가버린 것에 각자의 방식대로 놀랐다. 둘 사이에 10년이라는 시간이 쌓였다는 것도 믿어지지 않았고, 그 세월이 더께가 아니라 마른 낙엽처럼 부서지고 먼지처럼 흩어져버리는 것이라는 게 허무했다. 여자는 지난 10년을 들춰보지 않기로 스스로와 타협했다. 아이가 잘 크고 둘 다 건강하게 밥벌이를 해내고 있으며 남편과의 사이가 그만그만하다는 것에 의의를 뒀고 남에게 손 벌리지 않고 전세금을 감당하는 것만으로도 잘 살고 있는 거라고 자위했다. 결국 여자는 결혼기념일을 사흘 앞두고 딸애를 언니네 집에 맡긴 뒤 부랴부랴 떠나는 1박 2일 여행에 만족하기로 했다.

속초에서 저녁 메뉴는 회였다. 여자가 여행을 떠나면서 가장 기대한 것이 바다가 보이는 횟집에서 느긋하고 오붓하게 회를 먹는 것이었다. 남편은 동명항에 가서 직접 흥정하고 북적거리는 사람들 틈에서 먹고 싶어하는 눈치였지만 고집을 부리진 않았다. 해변에 있는 횟집들을 훑어보더니 2층에 있는 집을 손가락으로 가리켰다. 창가 자리는 비어 있고 창밖엔 노을이 지는 바다가 펼쳐져 있었다. 일몰 즈음의 바다는 세상의 모든 색을 품은 듯 찬란했다. 하늘과 바다의 경계가 장엄하게 빛났지만 파도는 잔잔하고 고즈넉해서 사진 속 풍경 같았다. 풍광이 만족스러워서 여자는 물컵과 수저의 비위생적인 상태를 참아 넘겼고 음식을 기다리는 동안 일회용

물티슈로 꼼꼼하게 닦아냈다. 반찬으로 나온 오징어회와 메인인 도미회는 쫄깃하고 고소했다.

"좋다. 여행오길 잘한 것 같아."

잔을 채우면서 여자가 씽긋 웃었다. 다행이네. 남편은 건배한 뒤 바로 잔을 비웠다. 술맛이 좋아서 여자도 한잔을 다 마셨다.

"우리 돌아가면 더 잘 살자."

어둠이 내려앉은 창밖으로는 더이상 바다가 보이지 않았다. 남편의 얼굴은 금세 붉어졌고 여자도 뺨이 달아올랐다. 10주년 기념 여행이라고 하기엔 조촐했지만 그 순간만큼은 속이 뜨듯하고 만족스러웠다. 앞으로의 10년은 어떨까. 아이의 성장에 맞춰 유동적으로, 아니면 멈춘 것처럼 잔잔하게, 그도 아니면 전혀 상상하지 못한 방향으로 흘러갈까. 사실 지난 10년도 어떤 종류의 삶이었다고 규정하긴 어려웠다. 취기 때문에 여자는 말이 많아졌고 남편은 희미하게 변해버린 바깥 풍경에 자주 눈길을 줬다.

호텔에 돌아와서 남편은 여자 쪽으로 돌아누웠다. 기념 여행을 왔으니 그래야 한다는 듯 섹스를 시도했지만 적극적이진 않았다. 여자는 졸음이 몰려와서 등 뒤에 닿는 남편의 몸과 움직임을 느끼면서도 가만히 눈을 감았다. 남편은 좀 뒤척이다가 여자를 안은 채 가만히 있었다. 그런 포옹이 오랜만이라 여자는 눈을 감은 채 안온함을 느꼈다. 어깨에 닿은 남편의 손 위에 자신의 손을 포갰다. 남편은 잠시 그러고 있다가 반대편으로 돌아누웠다. 눈을 감으니 속초의 호텔 룸과 떠나온 침실의 경계가 사라지고 잠이 쏟아졌다.

갈증이 나는지 시간이 얼마 없어서인지 이과장은 아이스커피를 급하게 마셨다.

"혹시, 휴가가기 전에 회사에서는 별일 없었나요?"

여자는 지푸라기라도 잡는 심정으로 질문했다.

이과장이 대답을 고르는 동안 머릿속에선 온갖 불행이 자라났다. 지난 새벽에 뉴스를 틀어놓은 채 여자는 돌아오지 않는 남편에 대해 생각했다. 그는 어떻게 된 건가. 사고와 실종, 해코지, 납치, 증발, 도주, 온갖 상황들이 머릿속에서 들끓었다. 뉴스에는 동남아의 A국과 B국이 번갈아 등장했다. 이상 기후 때문에 A국에는 홍수가 났고 근방의 B국은 극심한 가뭄에 시달렸다. 피해의 양상은 다르나 재해로 고통받는 사람들의 표정은 비슷했다. 그에게는 무슨 일이 일어난 건가. 높은 데서 발을 헛디뎠나. 계곡 물에 휩쓸렸나. 살아 있겠지. 설악산에 가긴 했겠지. 사고가 아니길 바라면서도 자발적으로 사라진 거라고 생각하고 싶지는 않았다.

"4년 동안 같이 일하긴 했지만 지금은 부서가 달라서요."

이과장은 얼음만 남은 잔을 들었다 내려놓았다.

"남편에 대해 아는 대로, 아무 얘기나 해주세요."

대답을 기다리며 여자는 손톱 끝을 물어뜯었다.

이과장의 얘기 속에서 남편은 성실하고 한눈팔지 않는 회사원이었다. 여자가 짐작했던 것과 다르지 않았다. 그 역시 남편이 갑자기 사라졌을 리 없다고 말했다. 사고 쪽에 힘이 실리자 두려움과 절망감이 깊어졌다.

"박대리하고 둘이 외근을 자주 나가서 가깝게 지냈어요. 오늘 같이 오려고 했는데 업무 마무리 때문에 못 왔어요."

여자는 박대리의 성별이나 결혼 여부 같은 걸 물으려다 말았다. 이과장은 다시 회사에 들어가봐야 한다며 메고 온 가방도 내려놓지 않았다. 가슴을 가로지른 가방끈이 안전띠처럼 보였다. 검은색 가죽으로 된 가방은 남편의 것과 비슷했고 이따금 안경을 추켜올리는 모습 역시 그랬다.

"업무 얘기가 나와서 하는 말인데, 지금 월말이라 한창 바쁠 때거든요."

이과장의 표정이 천천히 일그러졌다. 그는 이럴 때 남편이 무단결근하는 건 동료들을 배려하지 않는 행동이라고 말했다. 안경테를 추켜올리며 유감스럽다고도 덧붙였다.

"사실 휴가 시기도 그래요. 김과장이 평소에 성실하고 야근도 많이 해서 결재가 난 건데…… 다들 말은 안했지만 갑자기 휴가내고 여행 간다고 해서 불만이 많았어요."

그는 무책임하다고 말하고 싶은 것 같았다. 여자는 그게 결혼 10주년 기념 여행이었다는 얘기는 꺼내지 않았다. 남편을 변호하거나 그의 화를 누그러뜨리는 데 도움이 되지 않을 것 같았다. 이과장의 말대로라면 남편은 회사에서 중대한 프로젝트를 망치거나 횡령 사실이 발각되거나 사람들과 문제가 생긴 것 같진 않았다.

"유통업계 쪽 일, 들어서 잘 아시잖아요. 물품 관리는 물론이고 현장 관리도 해야 되는데, 마트 같은 데 돌아다니면서 시달리다보면 진짜 그만두고 싶어지거든요. 그런데 며칠 전부터 누군가 김과장 몫까지 떠맡고 있는 겁니다. 김과장 꼭 찾으셔야 합니다."

목소리를 높이던 이과장이 주머니에서 휴대폰을 꺼냈다.

"들어가봐야겠네요…… 아무튼 김과장과 연락되면 K통상 건 빨리 해결해야 한다고 전해주세요."

이과장은 서둘러 자리를 떴고 여자는 머리가 지끈거려서 오른손으로 이마를 짚었다. 야근을 해야 한다는 사람의 저녁시간을 빼앗아서 미안했고 정체를 알 수 없는 분노 때문에 가슴이 답답해졌다. 컵 속의 얼음은 모두 녹아 미지근하게 변해버렸다.

뉴스에서는 태풍이 일본을 경유하며 북상하고 있다는 소식을 집중적으로 보도했다. 태풍이 강타한 이국의 도시는 주택과 도로 곳곳이 파손되고 물에 잠겼다. 화면 속에서 비바람은 거세게 몰아치고 파도는 광기에 휩싸여 손에 닿는 것을 모조리 할퀴었다. 간판이 들썩거리다 힘없이 떨어져나갔고 가로등과 가로수가 휘청거리며 옆으로 간단하게 쓰러져버렸다. 생활의 터전을 잃은 사람들, 가족이나 연인, 동료를 잃은 사람들이 잔해 속에 망연자실하게 서 있었다. 여자는 손이 닿는 곳에 휴대폰과 리모컨을 나란히 둔 채 비스듬히 누워 새벽녘까지 뉴스를 봤다. 눈이 뻑뻑하고 피곤했지만 잠은 오지 않았다.

아빠 어디 갔어? 언제 와? 딸 지윤은 아침마다 아빠를 찾았다. 그때마다 출장 갔어, 일 끝나는 대로 올 거야,라고 대답했다. 그럴 때면 남편이 정말 먼 데로 출장을 간 것 같기도 했다.

속초의 호텔에서 여자는 달게 잤다. 피로가 누적된 탓이기도 했고 간밤에 마신 술 몇잔 덕분이기도 했다. 오전 5시 40분. 일출을 보기 위해 맞춰둔 휴대폰 알람이 어둠속에서 소란스럽게 빛났다. 여자는 침대에서 몸을 쭉 편 채 좌우로 뒤척거렸다. 스위트룸의 더블 침대는 널찍했고 남편의 자리는 비어 있었다. 여자는 일출에 대한 기대보다 출근하지 않아도 된다는 안도감에 푹 젖었다. 눈을 끔벅거리며 해가 뜨는 걸 보다가 그대로 누워 깊은 잠에 빠졌다.

다시 눈을 떴을 때 객실 안은 환했다. 개교기념일이 아니었다면 교무회의가 끝난 뒤 수업을 하러 들어갈 시간이었다. 1교시에 사회 수업을 듣는 애들은 대개 아침잠이 덜 깬 혼곤한 얼굴로 여자를 쳐다봤다. 3교시에는 배가 고파 죽겠다는 표정을 지었고 5교시에는 식곤증 때문에 고개가 뚝뚝 떨어졌다. 그때마다 여자는 사회 교사가 아니라 영어나 수학을 가르쳤다면, 임용고시가 아니라 다른 시험에 통과했다면 어땠을까 생각해봤다. 중학생들은 초등학생보다 건방진데다 반항을 많이 하고, 고등학생보다 감정 기복이 심하고 말이 안 통했다. 자신이 어른인 줄 알지만 감정에만 충실한 열다섯살의 무법자들, 서른다섯명의 고삐 풀린 망아지들을 상대하는 일은 만만치 않았다. 지각하지 마, 책 펴, 칠판 보라고, 중요하니까 줄 쳐, 필기해. 이거 시험에 나온다. 수업을 진행하려면 어르고 윽박지르고 우스갯소리를 해대고 그보다 더 많은 시간을 들여 하소연해야 했다. 애들이 예쁠 때도 있지만 여자는 대체로 이 일이 버거웠다. 침대에 앉아 하품을 하며 학생들 대신 창에 가득한 하늘과 바다를 바라보았다. 노크할 사람도, 해야 할 일도 없는 욕실에서 여자는 천천히 시간을 들여 오래 샤워했다.

남편은 멋진 일출을 봤겠지. 간밤에 회를 먹으면서 그는 일출을 본 뒤 설악산의 비선대를 둘러보고 오겠다고 했다. 언제쯤 올 건지 일출과 비선대는 어땠는지 궁금했지만 혼자만의 시간을 방해하지 않기로 했다. 생수를 마시며 여자는 짐을 정리했다. 화장품과 시계를 챙기는데 귀걸이 한짝이 보이지 않았다. 침대 옆의 탁자와 서랍 안을 꼼꼼히 살펴보고 욕실 안과 침대 밑까지 다 뒤졌는데도 나오지 않았다. 여자는 이불을 털고 베갯잇와 매트리스 시트까지 들춰봤다. 어제 횟집에서 돌아온 뒤 빼둔 것 같기도 하고 자기 전까지 하고 있었던 것 같기도 했다. 이상하네. 어디로 갔지? 결혼 예물로 받은 다이아몬드 귀걸이인데다 평소에 애용하는 것이라 신경이 쓰였다. 남편에게 물어보려고 전화를 걸었지만 전화기가 꺼져 있다는 안내 음성만 나왔다.

귀걸이의 행방은 묘연하고 남편과 통화도 안돼서 여자는 찜찜했다. 객실 안을 서성거리면서 앞니로 손톱 옆의 굳은살을 뜯어냈다. 여자는 다시 통화 버튼을 누르려다가 관뒀다. 휴가를 내고 왔는데도 어제 남편의 휴대폰으로는 여러통의 업무 관련 전화가 걸려왔다. 전화를 끊을 때마다 그는 장난으로 휴대폰을 바다에 던져버리는 시늉을 했다. 전화기를 꺼놓는 게 그에겐 최고의 휴식이라는 생각이 들었다.

여자는 처음 살펴봤던 곳부터 꼼꼼히 다시 찾아봤다. 작은 귀걸이 한짝 때문에 룸과 트렁크를 다 뒤집었다. 벽시계를 본 뒤 휴대폰으로 다시 시간을 확인했다. 열한시 반, 곧 퇴실 시간이었다. 집 침실에 걸린 시계는 10분 빨랐다. 가끔은 그 10분 때문에 놀라고 어떤 때는 그 10분을 계산에 넣으며 안심했다. 제대로 맞춰놓아도 어느 순간엔가 보면 또 빨라져 있었다. 몇달 된 것 같기도 하고 몇년 된 것도 같았다. 새로 사야겠다고 생각하면서도 거기에 맞춰 사는 데 익숙해졌다. 시계를 포함해 10년 정도 쓴 가전제품들은 저마다 노화의 증세를 드러냈다. 드라이어는 전원 버튼의 접촉이 불량해서 중간에 난데없이 멈췄고 냉장고는 온도 조절 레버가 잘 움직이질 않았다. 세탁기는 탈수 기능이 약해졌고 컴퓨터는 느리게 반응했다. 가죽 소파의 모서리는 마모되었고 침대 매트리스는 가운데 부분이 꺼졌다. 결혼하면서 장만한 모든 것들이 각각의 수명과 사용빈도에 따라 낡아갔다. 여자는 집에 돌아가면 가전제품을 하나씩 바꿔야겠다고 생각했다.

퇴실 시간이 다 됐는데도 귀걸이를 찾지 못하자 초조해졌다. 여자는 들쑤셔진 객실 안을 둘러본 다음 트렁크를 끌고 나갔다. 데스크에 카드 키를 반납하며 객실에서 귀걸이를 한짝 잃어버렸다고 얘기했다. 귀걸이의 모양과 색깔을 설명하는 여자의 목소리에 짜증이 배어났다. 귀한 거고 꼭 찾아야 한다고 덧붙일 때는 자신이 잃어버린 게 아니라 호텔이 삼켜버리기라도 했다는 듯한 뉘앙스를 풍겼다. 귀걸이는 없어졌고 남편과도 연락이 닿지 않아 기분이 엉망이었다. 여직원은 귀걸이 분실이라고 메모한 다음 연락처를 받아 적었다. 기대하지 않으면서도 여자는 직원이 적은 번호가 정확한지 확인했고, 끝 번호가 잘못된 걸 보고 수정해주었다. 남편은 학교 밖에서는 선생처럼 굴지 말라고 충고했다. 사람들에게 지시하고 지적하고 가르치려드는 건 예의에 어긋난다고 했다. 여자는 알았다고 대답했지만 속으로는 각자 제 할 일을 잘하면 그럴 일이 없지 않겠냐고 반문했다.

호텔 로비에 앉아 남편에게 몇번이나 전화했지만 전원은 여전히 꺼져 있었다. 여자는 소파 옆에 비치돼 있는 설악산 안내 지도를 훑어봤다. 남편이 아직 비선대에 있는지 설악산의 다른 코스를 등반하고 있는지 알 수 없지만 마냥 기다리는 건 좋은 방법이 아닌 것 같았다. 아무 연락도 없는 남편에게 화가 났고 무엇보다 맹렬하게 배가 고팠다.

차는 앞바퀴가 오른쪽 방향으로 틀어진 채 주차장에 서 있었다. 앞유리에 먼지가 좀 내려앉고 나뭇잎이 몇개 떨어져 있는 걸 제외하면 처음 주차할 때 그대로였다. 여자는 트렁크에 짐을 실은 뒤 설악산으로 출발했다.

알람소리에 눈을 떴을 때 여자는 이곳이 호텔의 스위트룸이기를 간절히 바랐다. 하지만 바람과 달리 10분 빠른 시계와 망막에 새겨진 듯 익숙한 침실의 모습이 눈에 들어왔다. 아는 게 전혀 없는 상태에서 시간이 계속 흘러가는 게 무서웠다. 경찰 쪽에서는 아직 특별히 알아낸 게 없다고 했다. 여자가 전화해서 물어볼 때마다 그들은 기다리고 계시면 연락을 드리겠다는 말만 반복했다. 여러 단계에 걸쳐 지시가 내려간 다음에야 실질적인 수사나 수색이 시작되는 게 아닌지 의심스러웠다.

점심시간에는 같은 부서에서 일한다는 박대리가 전화했다. 남편의 결근 얘기를 하며 그는 말끝에 웃음소리 비슷한 걸 덧붙였다. 여자는 자신의 귀를 의심했지만 퇴근 후에 시간을 내줄 수 있느냐고 물었다. 박대리는 월말이라 바쁘지만 잠깐 시간을 내보겠다고 했다. 얘기를 몇마디 주고받는 동안 웃음소리를 덧붙이는 게 그의 버릇이라는 걸 알게 되었다.

여자는 평소보다 더 열성적으로 수업했다. 개그 프로그램에 나오는 유행어와 수업 내용을 연결시켰고 개그맨의 말투와 표정을 따라했다. 한눈팔지 않고 집중해야, 이 순간에 최선을 다해야 불행이 자신을 비켜갈 것 같았다. 애들은 여전히 졸거나 딴짓을 했지만 몇몇은 바보처럼 큰 소리로 웃었다.

수업이 끝난 뒤 여자는 아이들이 청소를 마치고 돌아간 빈 교실에 올라갔다. 줄 맞춰놓은 책상과 의자 사이로 덜 마른 대걸레 자국이 보였다. 여자는 창가에 서서 밖을 내려다봤다. 하루가 어떻게 지나갔는지 기억나지 않았다. 태풍은 꽤 가까이까지 다가온 것 같았다. 충청 이남 지역에 호우주의보가 내렸고 수도권에도 비 소식이 있었다. 무언가 쏟아질 것처럼 하늘이 찌뿌드드했다. 구름이 흘러가는 하늘과 아이들의 발밑에서 움직이는 축구공을 보며 여자는 손톱을 물어뜯었다. 나쁜 소식 없이 하루가 무사히 마무리됐지만 내일은 무슨 일이 일어날지, 어떤 소식이 기다리고 있을지 몰라 두려웠다. 무언가 쏟아지거나 무너지지 않고 자리를 지키고 있는 지금의 상태를 무사하다고 해도 좋을까. 점심을 거른 탓인지 허기가 몰려왔다.

차를 몰고 설악산 국립공원에 도착했을 때 여자의 머릿속엔 허기를 채워야 한다는 생각뿐이었다. 그 순간에는 잃어버린 귀걸이나 남편, 비선대 모두 잊었다. 혼자 온 관광객처럼 식당들을 둘러봤고 비교적 깨끗해 보이는 곳에 들어가서 산채 비빔밥을 시켰다. 주인 여자가 보지 않을 때 휴지로 수저와 물컵, 탁자를 닦아냈다. 먼지가 묻어나는 걸 보고 인상을 썼지만 비빔밥이 나오자 간을 맞춘 뒤 기계적으로 숟가락질을 했다. 그릇을 비워가며 상황을 낙관적으로 정리했다. 그의 휴대폰이 꺼진 건 배터리가 없어서고 그가 늦는데도 연락을 하지 않는 건 산의 정취에 빠졌기 때문이라고 생각하니 별일 아닌 것처럼 느껴졌다. 비선대를 오가는 길 어딘가에서 연락이 닿거나 극적으로 만나게 되길 바랄 뿐이었다.

비수기의 평일인데도 설악산 국립공원에는 사람들이 많았다. 매표소의 관리인이 비선대는 여자 걸음으로 세시간이면 왕복 가능할 거라고, 평지로 이어진 길이라 산책하기 좋다고 일러주었다. 소화도 시킬 겸 나무들의 이름표와 모양을 눈여겨보며 걸었다. 길 양옆으로 다양한 종의 나무들이 서 있어서 여자는 맑은 공기를 쐬며 숲을 산책하는 기분에 빠졌다. 그러나 시간이 지날수록 산과 나무 대신 집과 학교에 두고 온 문제들이 길 양옆으로 늘어섰다. 올해 초등학생이 된 딸애 지윤이는 남편을 닮아 욕심이 없었다. 언니의 둘째 딸은 동갑인데도 똑똑하고 야무진데 딸애는 아직도 맞춤법을 틀리고 어리광만 부렸다. 가출해서 일주일째 무단결석 중인 J는 하교하는 친구들을 꼬여내서 술을 마시고 여자애들과 어울려 놀면서 계속 문제를 일으켰다. 그애가 집에 들어가지 않으면서도 유흥가를 전전할 수 있는 건 가출할 때 들고 나온 엄마의 신용카드 때문이었다. J와 어울리는 게 나쁘다는 걸 알면서도 철없는 애들은 J가 쏘는 술과 노래방, 피씨방 코스를 거절하지 못했고 지각, 결석, 가출은 유행처럼 이 애, 저 애로 번져나갔다. 카드를 정지시켜야 J가 집에 들어올 거라고 몇번이나 조언했지만 J의 엄마는 아들이 밥을 굶거나 길에서 자게 될까봐 그러질 못했다. 카드를 쓸 때마다 도착하는 결제 문자메시지만이 그애가 살아서 뭔가를 먹고 어딘가에서 잠이 들었다는 걸 증명해주는 단서라고 했다. 엄마가 돼서 그걸 어떻게 끊어버려요. 한눈팔지 않는 모성은 아들의 끼니와 안녕에 집중하느라 학교 안에 번져가는 피해의 양상에 대해선 신경 쓰지 않았다.

여자는 나무와 하늘을 보지 않고 발끝만 보며 걸었다. 어디선가 휴대폰 벨소리가 울렸지만 받는 사람은 없었다. 비선대는 아직 멀었나, 조바심이 생겼다. 자신을 앞질러간 남자가 신사용 구두를 신은 걸 보고 천천히 고개를 들었다. 여기가 중학교 교무실이 아니라 설악산의 등산로라는 걸 깨닫는 데 시간이 조금 걸렸다. 여자는 남자의 뒷모습을 멍하게 쳐다봤다. 알록달록한 점퍼에 모자를 쓴 등산객들 사이에서 회색 양복에 검은색 가죽 가방을 멘 남자는 희미한 얼룩처럼 보였다.

너럭바위 옆으로 계곡물이 흘러내려가는 곳이 비선대였다. 넓적한 바위 여기저기에는 한자로 쓴 이름들이 새겨져 있었다. 여자는 근처 바위에 앉아 나란히 적힌 이름들을 보았다. 부자나 형제일까. 가족이나 부부 사이일까. 이름 사이 약간의 거리감이 도리어 다정하게 느껴졌다. 낙하하는 물줄기를 제외하곤 모든 것이 멈춘 듯 조용했다. 표지판에는 마고선이라는 신선이 이 바위에서 놀다가 하늘로 올라가서 비선대라는 이름이 붙었다고 유래가 적혀 있었다. 회색 양복을 입은 남자가 펜스에 기대선 채 계곡물을 바라봤다. 신선이 풍류를 즐길 만큼 경치가 빼어나거나 하늘로 불려올라갈 정도로 신령한 곳인지는 모르겠지만 잠시 멈춰 서서 세상의 시름을 잊기에는 적당한 곳 같았다. 여자는 땀이 식기를 기다렸다. 서울에 가면 기말시험 준비를 시작해야 하고 딸의 받아쓰기도 체크하고 J의 무단결석 문제도 해결해야 했다. 그 생각을 하자 바위에 누워 지겨워질 때까지 쉬고 싶었다.

산속에서 울리는 휴대폰 벨소리는 생경하고 비현실적이었다. 따르릉, 고전적인 벨소리는 여자의 것이 아니었다. 주위를 둘러보니 사람이라곤 양복을 입은 남자뿐이었다. 벨소리는 낙하하는 물소리와 바람이 나뭇잎에 부딪치는 소리를 교란하며 다급하게 울렸다. 남자는 아무것도 들리지 않는다는 듯 폭포를 쳐다봤고 벨소리는 한동안 울리다 끊어졌다. 여자는 공연히 자신의 휴대폰을 꺼내서 확인했다. 벨소리는 사라졌는데 발신자의 용무나 조급한 마음, 수신을 거부하는 자의 심정이 종료되지 않은 채 대기 중에 떠도는 것 같았다. 남자는 울타리를 따라 천천히 올라갔다. 그가 걸음을 옮기자 벨소리가 다시 시작되었다. 남자는 구름다리 쪽으로 총총히 멀어져갔다. 구름 속으로 들어가듯 남자의 모습이 서서히 희미해졌고 휴대폰의 벨소리도 멀어졌다. 알록달록한 풍경 속의 회색 얼룩은 완전히 보이지 않게 되었다. 설악산에서 양복을 입고 서류가방을 든 등산객을 봤다고 하면 사람들은 뭐라고 할까. 여자의 말을 믿기나 할까. 여자는 발길을 돌려 국립공원 입구 쪽으로 걸어갔다. 도토리묵과 파전을 파는 가게 주인이 쉬었다 가요, 하면서 느릿느릿 손짓했다. 푹 잤는데도 그 손을 따라 들어가 구석방 같은 데서 오래 쉬었다 나오고 싶은 마음이 들었다.

운전석에 앉은 여자는 남편의 전화번호를 꾹꾹 눌렀다. 왜 연락을 안하는지, 어디에서 무얼 하는지, 답답해서 미칠 것 같았다. 안 그래도 머리가 터질 것 같은데 왜 걱정거리를 보태는지 따져 묻고 싶었다. 해는 서쪽으로 빠르게 기울었다. 공중에서 검푸른 잉크가 풀어지듯 어둠이 회오리치며 내려앉았다. 혹시, 무슨 일이 생겼나. 사고라도 난 건가. 여자는 낯선 어둠속에서 불현듯 한기를 느꼈다. 손톱 옆의 거스러미를 정신없이 물어뜯다가 딩동, 메시지 알림음에 황급히 확인 버튼을 눌렀다. 출발했니? 지윤이 저녁은 어떻게 할까? 언니의 메시지는 평이했으나 여자는 그 안에 담긴 완곡한 재촉을 알아챘다. 여자는 심호흡을 한 뒤 언니에게 전화를 걸었다. 지윤이를 맡길 때 언니는 뜨거운 밤 보내고 와, 하면서 장난스럽게 웃었는데 그게 아주 오래전 일처럼 느껴졌다. 아이는 열이 좀 있고 콧물이 흐른다고 했다. 얼른 갈게,라고 대답하고 난 뒤 휴대폰을 조수석에 팽개쳤다. 지갑도 가져갔으니 알아서 집으로 오겠지. 운전대를 잡자 오히려 마음이 차분해졌다.

박대리는 여자보다 먼저 와서 까페 창가 자리에 앉아 있었다. 회색 양복을 입었고 검은 테 안경을 썼는데 남편보다 대여섯살 아래로 보였다. 그는 A통상 대리라고 적힌 명함을 내밀었다. 접이식 우산이 가방 위로 고개를 삐죽 내밀고 있었다.

"경찰에선 아직 연락 없죠?"

네,라고 하자 박대리는 고개를 여러번 주억거렸다.

"이과장님 부탁도 있고 해서 회사에는 몸이 아픈 거라고 둘러댔는데…… 이제는 사실대로 얘기해야겠네요."

그래야겠죠, 여자가 뒷말을 흐리는 동안 박대리는 고개를 좌우로 여러번 저었다.

"뭐가 어떻게 된 건지 모르겠네요. 여행 간다고 했을 때 다들 부러워했는데……"

"남편하고 제일 가깝게 지냈다고 들었어요."

"같이 외근을 많이 나갔어요. 주로 대형 마트나 백화점 쪽을 돌았는데 피곤한 일이었죠."

몇개의 대형 마트를 돌며 매장을 확인하고 매출 관리에 판매자까지 독려하고 나면 기운이 빠지는 게 사실이었다. 현장에 있는 사람들은 마진, 결제 대금, 카드 수수료에 대해 얘기하다가 마트의 사정과 지역 경제와 전반적인 나라 경제 상황까지 들먹이며 앓는 소리를 했다. 한마디로 요약하면 물품 공급가를 좀 낮춰달라는 것이었다. 그 얘기를 저마다의 성격과 화법에 따라 다양한 방식으로 풀어냈다. 서너개의 매장을 연달아 돌고 나면 계절이나 날씨와 상관없이 진땀이 나서 구두 속의 양말은 물론이고 러닝셔츠와 와이셔츠까지 축축해졌다. 업체 사람들과 헤어지고 나면 사우나에 가서 제대로 땀을 빼고 시원하게 샤워한 다음 새 옷으로 갈아입고 싶어졌다. 그러나 대부분 사무실에 다시 들어가 보고서를 작성해야 했다. 이 사람의 불평과 저 사람의 하소연, 이 매장과 저 매장의 처지를 문질러 닦아 걸레가 된 옷을 입고 자리에 앉으면 일이고 뭐고 의욕이 싹 사라졌다. 예전 회사의 상사는 외근이 끝나면 가끔씩 마사지 방이나 안마시술소에 데려갔다. 점장들이 따로 챙겨주는 돈으로 즐기는 것이었다. 상사는 박대리의 입을 막기 위해 섭섭지 않게 챙겼고, 그런 데서 힘 빼는 것보다 사우나에서 한두시간 눈을 붙이는 게 더 개운했지만 박대리도 마다하지는 않았다. 유통업계의 일은 다 그렇게 진행되는 줄 알았다. 그런 문화가 많이 사라졌다고 하지만 김과장과 파트너가 되었을 때도 은근히 기대했다.

　"김과장님은 탈나는 돈은 절대 안 받고요. 일 욕심이 굉장히 많아서 매장 이동할 때도 땡땡이치는 법이 없어요."

박대리는 매장을 돌 때 왜 두 사람씩 보내는지 알 것 같았다. 사람을 상대하는 게 고되니까 서로에게 힘이 되라거나 협력해서 문제를 해결하라고 붙이는 게 아니었다. 뇌물을 받거나 물건을 빼돌리거나 나가서 딴짓하는 걸 막으려고 팀을 만드는 것이었다. 견제하고 감시하는 관계. 김과장은 꽉 막힌데다 융통성이 없는 인물이고 박대리는 느물느물하고 즉흥적이라 위에서 볼 때 붙여두기 좋은 볼트와 너트 같은 부품이었다.

여자는 박대리의 말이 잘 믿어지지 않았다. 그의 얘기 속에 등장하는 김과장은 자기가 아는 남편이 아니었다. 그가 일 욕심이 많다니. 여자의 눈에 남편은 수업시간에 조용히 앉아서 딴 생각을 하는 중학생처럼 보였다. 조금만 정신을 차리고 욕심을 부리면 성적이 오를 텐데 욕심이 없고 목표도 불분명하고 특별한 재능도 없는데다 마음이 먼 데를 떠도는 것 같았다. 남편이 동기나 후배의 승진 소식, 좋은 조건으로 이직한 소식을 전하며 속없이 웃을 때마다 속이 탔다. 마지못해 출근해서 의욕 없고 느슨하게 일하니 승진도 더디고 연봉도 몇년째 제자리인 거잖아. 쏘아붙이고 싶었다.

자식이 일으킨 문제 때문에 학교에 상담하러 온 학부모들은 대부분 여자의 말을 믿지 못했다. 여자가 설명할수록 얼굴이 경직되었고 우리 애가 그럴 리 없다며 고개를 저었다. 걔가 수업시간에 그런다고요? 친구들한테 그런 말을 했다고요? 딱 두번만 수업해보면 다 알 수 있는 걸 부모가 전혀 모른다는 게 의아했다. 평소에 아이를 주의 깊게 살펴보세요. 여자가 웃으며 조언하면 그들은 말을 잇지 못하거나 조목조목 따지고 들었다. 여자는 아이들이 저지르는 잘못뿐 아니라 부모들의 몰이해와 뻔뻔함 때문에 지쳤다. 그런 여자가 이제는 박대리가 털어놓는 얘기 속에서 자신이 모르는 남편의 어떤 면을 본 셈이 된 것이다. 여자는 할 말이 없어 머그컵 손잡이만 만지작거렸다. 박대리는 K통상 건 때문에 들어가봐야 한다며 일어섰다. 상황이 어떻게 되는지 연락주세요. 그의 말끝엔 여전히 웃음이 묻어 있었다. 여자는 그 뒷모습을 보며 손톱을 깨물었다.

경찰은 비선대 쪽에서는 아무것도 발견하지 못했다고 했다. 설악산 일대로 수사를 확대해갈 예정이라고 했다. 전화를 끊으며 여자는 오늘도 돌아오지 않았다는 건 무얼 의미하는 건가, 생각했다.

여자의 전화를 받은 K는 당황한 것 같았다. 여자가 그에게 먼저 연락한 건 처음이었다. 상황을 대충 말하자 담배 연기를 내뿜는지 한숨을 내쉬는지 K의 숨소리가 커졌다. 실종 사흘째가 되었다고 하니 K는 말을 잇지 못했다.

두 사람은 남편과 함께 셋이 종종 맥주를 마시던 술집에서 만나기로 했다. 5분쯤 늦게 도착한 K는 얼굴이 꺼칠하고 눈동자가 잔뜩 충혈돼 있었다. 면 재킷은 다림질을 하지 않아 꾸깃했고 소맷부리가 지저분했다. 마지막으로 봤던 반년 전보다 몸이 많이 불었고 M자형 탈모가 급격히 진행 중이었다. 오히려 여자가 무슨 일이 있느냐고 물어봤다.

"좀 피곤해서 그렇지…… 별일 없어요."

남편의 대학 친구인 K와는 반말과 존댓말을 섞어 썼다. 식사만 하고 헤어지거나 부부동반으로 만날 때는 존댓말을 주로 썼고 남편과 셋이 만나 술을 마실 때는 반말의 빈도가 늘어났다. 붉은 얼굴빛 때문에 K는 숙취 속을 헤매고 있는 것처럼 보였다. 여자는 술집에서 만나자는 말에 응한 걸 후회했다.

　"술을 좀 줄여요. 건강 신경 써야죠."

　"술은 많이 안 마시는데 통 쉬질 못해서요."

　반년 전에 아내와 아들을 미국에 보내고 기러기 아빠가 된 K는 저쪽의 교육과 생활, 이쪽의 생활까지 책임지느라 정신없이 지냈다. 여자는 가족 모임을 겸한 반년 전의 환송회를 기억했다. 아홉살이 된 K의 아들은 미국에 간다는 사실에 들떠 있었고 지윤에게 계속 영어로 말을 걸었다. 교육열이 대단했던 K의 아내는 공교육은 무너졌고 사교육은 미쳤다며 목소리를 높였다. 불안해하면서 10년 동안 사교육에 돈을 쏟아붓느니 유학을 보내는 게 낫다 싶어서 결정했다고 했다. 새로울 것 하나 없는, 애 키우는 여자들이 모이기만 하는 얘기들이었지만 그 순간에는 체감 온도가 달랐던 게 사실이었다. 공립 중학교 교사로 지내며 그저 그런 성적의, 특출한 재능이 없는 아이가 어떤 길을 걸으며 성장하고 좌절하게 되는지 잘 알고 있었다. 지금은 이렇게 레스토랑의 같은 테이블에 앉아 격의 없이 스테이크와 샐러드를 먹고 있지만 15년, 20년 뒤에 지윤과 K의 아들이 어떤 위치에 서 있을지 생각하면 아찔해졌다. 격차는 어떤 계기를 시작으로 한순간에 벌어지는 것이다. 그날 여자는 새벽까지 뒤척였다.

"……경찰에서는 뭐래요?"

K가 맥주잔을 비우며 인상을 썼다. 머뭇거리다가 여자도 잔에 든 맥주를 마셨다. 비선대 쪽에서는 아무것도 찾지 못했다고, 대체 어떻게 된 건지 모르겠다고 말하고 나자 감정이 북받쳤다. 사고라면 경찰이 벌써 찾아냈을 텐데 뭔가 석연치 않았다. 냄새가 나는데 그게 뭔지 몰라서 초조하고 미칠 것 같았다. 여자는 여행지에서 남편이 했던 말이나 행동을 하나하나 짚어봤다. K와 맥주를 마시는 동안 남편이 설악산에서 사고를 당했을지도 모른다는 두려움은 일부러 자취를 감춰버린 것 같다는 분노로 바뀌어갔다.

취기 때문에 여자는 경찰관이나 남편의 회사 동료를 대할 때와 달리 말이 많아졌고 결혼생활에 대해서도 주절주절 늘어놓았다. 10년이란 세월은 정면에서 바라보면 긴 시간이지만 뒤돌아보면 몇 개의 장면만 기억나는 꿈과 같았다. 같이 먹은 수많은 음식과 수없이 부른 서로의 이름과 애칭, 셀 수 없는 다툼과 화해, 장소와 자세, 의미와 용도를 바꿔가며 진행된 뒤에 마침내 규격화된 섹스가 그 안에 다 녹아 있었다. 가끔은 말의 뉘앙스나 표정의 미묘한 변화, 눈빛의 온도만으로 상대의 심중을 꿰뚫어보기도 하고 이쪽의 속셈을 고스란히 들키기도 했다. 그런데 이제는 이해라는 문을 열고 걸어 들어간 곳이 오해 속이었고, 결국 핵심이 아닌 언저리만 맴돌았다는 기분이 들었다.

K는 맞장구를 치거나 말을 자르지 않고 맥주만 마셨다. 남편을

마지막으로 본 게 한달 전쯤이라고 했다. 그즈음 여자는 지윤이도 외국에서 공부시키면 어떨까 알아보고 있었다. 딸애를 유학 보내게 되면 남자보다는 여자가 한국에 남아서 일해야 할 가능성이 더 컸다. 방학 때 가서 같이 지내면 되니까, 어떤 삶에나 모종의 희생이란 필요한 거니까 생각하며 자신을 다독였다.

"솔직히 아들 하나 있는 거 제대로 키워보려고 유학 보냈는데…… 그 녀석은 공부도 재미있고 미국에서 사는 것도 좋대요. 아내가 말 안 들으면 한국 간다, 그러면서 야단칠 정도라니까 말 다 했죠. 정말 다행이고 그거면 됐는데……"

K는 입이 마르는지 맥주를 벌컥벌컥 마셨다.

"이게 생각보다 너무 힘들고 외롭고 기약이 없는 거예요. 벌써 몇년 지난 것 같은데 겨우 6개월밖에 안됐다는 게…… 늙는 건 무서운데 시간이 안 가서 미칠 것 같더라고요."

K는 가끔 아들의 방에서 잔다고 했다. 아이가 남겨놓고 간 장난감과 옷 같은 걸 만지고 얼굴을 비빈다고, 아들의 냄새가 지워질까봐 빨지도 않았는데 시간이 지나니 자기 냄새만 배어버렸다고 말할 때 여자는 울음을 터뜨렸다. K는 여자의 울음엔 아랑곳하지 않고 컵에 든 맥주를 마셨다.

출근 준비를 하는데 휴대폰이 울렸다. 벨소리는 경보음처럼 날카로웠다. 여자는 조심스럽게 휴대폰을 집었다. 강원도 지역번호로 시작하는 번호가 선명하게 떠 있었다. 곧 뭔가를 알 수 있게 되리라는 기대감과 나쁜 소식일지 모른다는 두려움이 동시에 밀려들었다. 여보세요. 여자의 목소리는 자신이 듣기에도 떨렸다. 전화를 건 사람이 남편이라면 절대로 용서하지 않겠다고 다짐했다.

"며칠 전에 저희 호텔에 묵으셨죠?"

전화기 속의 목소리는 자신을 ○○호텔 직원이라고 밝혔다.

"네."

여자는 휴대폰을 붙잡은 채 침을 꿀꺽 삼켰다.

"그때 분실했다고 말씀하셨던 귀걸이 한짝을 프런트에서 보관하고 있습니다."

"……네."

곧 찾으러 가겠다고 대답한 뒤 여자는 전화를 끊었다. 객실 안을 전부 뒤졌는데도 보이지 않던 귀걸이를 어디에서 찾은 건지 궁금해졌다.

베란다 창문을 여니 머리 위로 회백색 구름이 빠르게 지나갔다. 습기를 머금은 바람이 세차게 불었다. 여자는 활짝 열어놓은 창문 밖으로 상체를 내밀었다. 저 아래에서 나뭇가지가 흔들리고 나뭇잎들이 사납게 펄럭거렸다. 머리칼도 정신없이 흩날렸다. 입을 꾹 다물고 있지만 하늘과 구름과 바람, 나뭇잎이 악을 써대며 소리를 지르는 것 같았다. 이마와 손등 위로 굵직한 빗방울이 투두둑 떨어져내렸다. 저쪽에서 키를 넘길 정도로 성난 파도가 밀려와도 놀라지 않을 것 같은데 텅 빈 놀이터가 버티고 있다는 게 이상했다. 등 뒤인지 발밑에서인지 누군가가 부르는 것 같았지만 여자는 돌아보지 않았다. 대신 숨을 크게 들이마셨다. 이대로 건물이 바람에 쓸려 가거나 폭우가 쏟아져 세상이 물에 잠겨도 상관없다고 생각했다.

이
후
의

삶

앞에 서 있던 여자는 식혜와 훈제 달걀을 주문했다. 여자가 얼음이 동동 뜬 식혜와 윤기 나는 갈색 달걀을 받아간 뒤에도 나는 메뉴를 정하지 못했다. 누군가에게 사우나는 훈제 달걀과 식혜의 공간일 것이다. 출출함이나 심심함을 달래기에 적당한 간식이니까. 나도 아내와 같이 오거나 주말에 쉬러 왔을 땐 망설임 없이 그 두 가지를 주문했다.

그다음에는 떡라면을 주문했다. 1년 전 겨울이었고 부부싸움 끝에 집을 나와 피씨방에서 한나절 죽친 뒤였다. 열탕과 냉탕을 오가며 땀을 뺐더니 급격하게 배가 고팠다. 주말 저녁이라 텔레비전이 있는 홀에는 가족 단위의 손님들이 많았다. 그들은 예능 프로그램을 보며 소리내어 웃었다. 늙수그레한 남자들 몇이 식당 탁자에 앉아 혼자 저녁을 먹었다. 그들 앞에 놓인 육개장이나 김치찌개에는 붉은 기름이 둥둥 떠 있었다. 나는 탁자 끄트머리에 앉아 떡라면을 주문했다. 구겨진 스포츠 신문을 들여다보며 후딱 먹어치웠다. 양이 차지 않아 달걀과 식혜를 사들고 대형 텔레비전 앞에 자리 잡았다. 사람들 사이에서 달걀을 까먹고 식혜를 흔들어 마시며 소리 내어 웃자 비로소 주말 저녁의 휴식이 찾아왔다.

그때부터 부부싸움이 길어지면 피씨방에서 시간을 때우다 사우나에 갔다. 현관문을 쾅 닫고 나가면 아내는 피하지만 말고 얘기를 해보라며 등 뒤에서 소리를 질렀다. 나는 서로 떨어져 있는 게 싸움을 멈추는 최선의 방식이라고 생각했고 아내는 대화로 풀어야 한다고 생각하는 쪽이었다. 입을 닫고 귀를 막은 채 엘리베이터에 탈 때면 영원히 화해할 수 없을 것 같은 예감이 들었다.

그전에는 부부싸움 뒤에 추레하고 핏발 선 몰골로 출근해서 동료들이 쉽게 눈치챘다면, 사우나에 다닌 뒤로는 아무도 알아채지 못했다. 이상한 냄새를 맡은 건 오히려 아내 쪽이었다. 아내는 사우나의 싸구려 스킨과 로션 냄새를 모텔의 것으로 오해했고 바람까지 피우는 거냐며 따지고 들어 또다른 싸움으로 번져나갔다. 사우나에 가는 날이 점점 늘었고 나는 식당의 메뉴를 하나씩 섭렵해나갔다. 처음에는 늙수그레한 남자들 사이에 끼어 혼자 밥을 먹는 게 내키지 않았지만 점차 아무렇지 않아졌다.

한달 정도 드나들다보니 사우나는 아내와 핏대를 세우며 싸우고 차갑게 대치하는 집보다 편한 곳이 되었다. 내 자리라고 할 수는 없지만 수면실에는 자주 눕는 자리가 있고 식당과 피씨방도 마찬가지다. 오래전부터 이렇게 헐렁한 옷을 입고 사람들 사이에 앉아 밥을 먹고 아무 데나 누워 잠이 들었던 것 같은 기분이 들었다.

몇 사람이 더 식혜가 든 플라스틱 병과 달걀 접시를 받아간 뒤에도 나는 메뉴판 앞에 서 있었다. 최근에 먹은 음식을 제외하고 나니 순두부찌개가 남았다. 주문을 마친 뒤 식당 탁자에 있는 텔레비전 채널을 뉴스로 변경한 뒤 볼륨을 키웠다. 드라마를 보던 사람 몇이 힐끔거렸지만 별말 없이 새로운 채널에 적응했다. 주문한 찌개를 기다리는 동안 이백과 눈에 익은 얼굴 몇이 탁자로 모여들었다. 사우나는 목욕하거나 땀을 빼는 곳이지만 하룻밤 잘 곳 없고 당분간 갈 데 없는 사람들도 이곳에서 먹고 자고 쉬었다. 그들은 각기 다른 곳에서 왔지만, 후줄근한 황토색 찜질복을 입고 목에 수건을 두르는 순간 개별적인 사연은 지워지고 하나의 무리로 변했다. 누군가는 일주일에 한번, 어떤 사람은 한달에 한번 사우나에 왔고, 어떤 사람은 구석에 쌓여 있는 베개나 수면 매트처럼 사우나에 계속 머물렀다.

이백은 제육볶음을 시켜놓고 종이컵에 팩소주를 따랐다. 오와구도 옆에 앉아 젓가락을 들었다. 식당의 납품업체가 바뀐 건지 요즘 고기가 별로라며 이백이 인상을 썼다. 사우나 안의 식당과 매점, 피부 마사지실 같은 부대시설은 모두 사장의 가족들이 운영했다.

"이거 한마디 해야지 안되겠네."

이백은 모여 앉은 얼굴들을 둘러봤다. 그러자 구가 김치찌개 얘기를 꺼냈고 오도 부대찌개 속 소시지랑 햄 맛이 변했다고 구시렁 거렸다. 이백이 심각한 얼굴로 금테 안경을 추켜올렸다.

"다 먹고살자고 하는 일인데 말이야……"

순두부찌개의 맛은 그대로였지만 나는 아무 말하지 않았다. 이백은 팔짱을 낀 채 음식 맛을 하나하나 품평하다가 머리가 희끗희끗하고 피부가 가무잡잡한 남자가 지나가자 소주잔을 단숨에 비웠다.

"저거 또 나타났네. 나이도 별로 안 많은 게 머리는 허애가지고. 대머리독수리같이 고개는 빳빳이 세우고 말이야."

구가 힐끔 보더니 형님, 대머리독수리 잘못 건드렸다가 어쩌려고 그래요? 하며 실실 웃었다.

"저 사람 한강 보이는 아파트에 산다던데요?"

오는 눈치를 살피더니 이백이 옆으로 빼놓은 비계를 쓱 집어 먹었다.

"상조 회사 다닌다면서 돈은 잘 버나봐요."

"옛날에는 그런 일해서 돈 버는 건 쳐주지도 않았어. 부끄러워했다고."

이백이 발뒤꿈치를 만지작거렸다. 사람이 목이 뻣뻣해. 그들은 저녁을 먹으며 머리가 허연 남자를 씹었다.

주말에 몇번 본 적이 있는 얼굴이었다. 식당의 가운데 테이블에 앉아 혼자 밥을 먹었고 북적거리는 대형 홀의 한복판에 누워 사람들과 텔레비전을 봤다. 대머리독수리처럼 매섭고 날렵한 사냥꾼이라기보다는 무리 안에 있을 때 안전함을 느끼는 가젤이나 얼룩말처럼 보였다. 딱히 누군가와 말을 섞고 지내는 것 같지는 않고 사람들 틈에 가만히 끼어 있었다.

　월요일 점심시간의 화제는 언제나 회의 내용에서 시작해 주말에 뭐 했는지로 옮겨갔다. 주말의 효율적인 활용은 기혼자들에게는 가정이 얼마나 단란하고 화목한지, 미혼들에겐 젊음이 어떤 식으로 흘러가는지 보여주는 척도가 되곤 했다. 그래서 사람들은 저마다의 상황과 형편에 맞추거나 그걸 넘어서는 주말 계획을 세우고 실행에 옮기려 애썼다. 나는 피트니스 클럽에서 운동을 한 뒤 다운받은 영화를 보며 맥주를 마셨다고 말했다. 무난하고 평범해서 다른 사람을 자극하거나 위축시키지 않았다. 물론 그 모든 걸 사우나에서 했다는 얘기는 하지 않았다. 한달에 한번 정도만 사우나를 언급했다. 그러면 사람들은 사우나 좋지, 땀 빼고 나면 개운하잖아, 하며 얘기를 주고받았다. 아내와 싸운 뒤 사우나에서 보낸 주말은 전부 그런 식으로 포장되었다. 그 덕에 나는 사우나를 즐기는 사람으로 통했다. 이혼하고 난 뒤에야 주말에 뭐 했느냐는 질문에서 벗어날 수 있었다. 이따금 소외되는 기분이 들었지만 아무도 속이지 않을 수 있어 편안했다.
　이혼 직후에는 회사 근처의 고시텔에서 지냈다. 원룸이나 오피스텔을 구하러 다녔지만 보증금과 월세가 만만치 않았다. 소개하는 것마다 난색을 표하자 중개업소의 주인은 고시텔을 권했다.
　"원룸보다는 작지만 고시원이랑은 달라요. 숙박에 초점을 맞췄

다니까."

큰 불이 몇번 난 뒤로 고시원이라면 께름칙해하는 사람들이 많아서 이름만 살짝 바꾼 듯했다. 내키지 않았지만 대안이 없었기 때문에 보러 가기로 했다. 중개업소 남자가 안내한 곳은 지은 지 얼마 안된 듯 입구에서부터 새 건물 특유의 냄새가 났다. 화장실이 방에 딸려 있어 인기가 좋다고 했다. 남은 방이 하나뿐이라 일단 한두달 지내보자는 심정으로 보증금과 월세를 계산했다.

고시텔 내부는 단출했다. 문을 열면 왼쪽이 침대, 오른쪽이 책상이라 누워 있다가 일어나서 몸을 틀면 책상이고 그 위의 노트북을 보다가 옆으로 돌아누우면 침대가 등에 닿았다. 그 방에서 나는 주로 침대에 기대앉아 다운 받은 미국 드라마를 보며 술을 마셨다. 그러다 취하면 전원을 끄고 잠들었다. 취해서 그런지 이혼한 지 얼마 안돼서 그런지 싱글 침대 위에 누워 나지막이 내려앉은 천장을 보고 있으면 가슴이 답답해지고 삶에 대한 의욕 같은 게 사라졌다.

벽 너머 옆방에서는 저녁마다 후루룩거리며 면을 빨아들이고 국물을 마시고 김치를 와삭와삭 씹어 먹는 소리가 났다. 옆방 남자는 서랍과 문을 자주 여닫았고 킥킥거리며 웃었고 콧노래도 자주 불렀다. 처음에는 옆방 남자의 소리와 냄새가 건너오는 게 거슬렸는데 시간이 지날수록 벽 너머에 일상생활이 존재한다는 점이 놀라웠다. 나는 트렁크 안의 짐도 다 꺼내지 않은 채 집이 팔렸다는 전화가 걸려오기만을 기다렸다. 이곳은 잠시 머물다 가는 곳이고 생활이 끼어들기에는 너무 협소했다.

고시텔에 들어가기 싫어서 시작한 야근을 상사는 승진이나 연봉 인상에 대한 의지로 받아들였고 동료들은 외로운 이혼남이 걷는 정석 코스라고 해석하는 듯했다. 그건 반은 맞고 반은 틀렸다. 나는 저녁을 혼자 먹기 싫어서 사무실에 남았다. 야근 끝에 퇴근한 뒤에도 시원한 맥주 한잔 얘기를 꺼내며 동료들을 붙잡았다. 그들은 가끔 합류했고 자주 핑계를 대며 빠져나갔다. 자리만 지키는 무의미한 야근과 집에 가기 싫다고 남을 붙들고 늘어지는 회식은 내가 제일 싫어하던 것이었는데, 어느새 그런 자리를 주도하는 인물이 되었다. 만취 상태에서 나는 두번이나 이혼 전에 살던 아파트로 갔다. 한번은 택시에서 내리는 순간 아차, 싶었고 한번은 현관으로 들어가는데 경비 아저씨가 요즘 바쁘신가봐요, 얼굴 보기 힘드네, 해서 더이상 1006호에 살지 않는데 여기 와버렸다는 걸 깨달았다. 나는 현관 밖에 서서 10층 6호의 창문을 올려다봤다. 취기 때문에 다리는 휘청거렸지만 그 창문은 알아볼 수 있었다. 아직 팔리지 않은 집에는 전처가 살고 있었다. 새벽 세시의 아파트는 어둠속에 잠겨 있었고 더이상 내 집이 아니었다.

맨 정신으로 고시텔에 들어갈 때면 마트에 들러 봉투 가득 캔 맥주와 안주거리를 담았다. 산소가 희박한 공기를 들이마시며 엉망으로 취할 때, 빛이 들지 않는 침대에 누워 눈을 깜박일 때 나는 매 순간 죽음에 가까워지고 매일 죽어가고 있다는 걸 실감했다. 꿈조차 없는 잠에서 쫓겨나듯 깨어나면 온몸이 식은땀으로 축축했다. 이혼을 통해 불행에 대한 맷집이 세졌고 더 나빠질 게 없다고 자신했는데 농축된 불행을 한두 스푼 삼킨 것에 불과했다.

금요일의 과음 뒤에 깨어났을 때 몸이 찌뿌드드하고 사우나 생각이 났다. 부부싸움을 하지 않으니 사우나에 갈 일이 없었다. 고시텔에서 10여분 거리에 있는 24시간 사우나는 그동안 가봤던 곳 중 규모가 제일 컸다. 모처럼 뜨거운 물에 몸을 담근 뒤 텔레비전과 식당이 있는 홀로 나왔을 때 나는 맨발로 걸어다닐 수 있는 넓은 공간이 펼쳐져 있다는 점에 감격했다. 아무 데나 들어갈 수 있고 드러누워 잘 수도 있고 큰 화면으로 텔레비전을 볼 수 있다는 사실에 취해 이리저리 돌아다녔다.

그다음 토요일에는 일어나자마자 사우나로 향했다. 토요일 낮이라 가족 단위의 손님들이 많았다. 양손에 먹을거리를 든 아이들이 찜질복 상의만 입은 채 소리를 지르며 뛰어다녔다. 나는 수제비를 먹으며 재방송되는 예능 프로그램을 봤다. 개그맨의 멘트에 스무명쯤 되는 사람들이 동시에 웃음을 터뜨렸다. 뉴스가 시작되는 걸 보고 피트니스 룸에 가서 사이클을 탔다. 스피커에서는 걸 그룹이 부르는 댄스음악이 흘러나왔다. 몸을 적당히 데운 다음 러닝머신에 올라가서 빠르게 걸었다. 창밖으로 교통정체가 심한 순환도로가 펼쳐졌다. 성냥갑만 한 자동차들이 전조등을 켠 채 기어갔다. 나는 러닝머신의 속도를 좀더 올렸다. 뛰다시피 걷자 몸에서 땀이 흘러내렸다. 살아 있다는 느낌이 조금씩 회복되었다. 씻고 피씨방에서 맞고를 치며 맥주를 마시고 오징어 다리를 질겅질겅 씹자 하품이 쏟아졌다. 수면실 안에는 사람들의 코 고는 소리가 돌림노래처럼 이어졌다. 나는 사람들이 없는 쪽에 누워서 팔다리를 쭉 폈다.

다음 날 주인에게 연락해서 고시텔을 정리했다. 이사가 아닌 이동이라 거처를 옮기는 데 망설임이 없었다. 때마침 사우나에서는 대량구매자에 한해 이용권 할인행사를 진행했다. 나는 한달 이용권을 끊었고 커다란 캐리어 하나였던 짐을 사우나의 네모난 짐칸에 맞게 줄였다. 작은 가방을 챙겨 다음 출장지로 옮겨가는 기분이 들었다.

사우나로 퇴근해서 식당에서 저녁을 먹고 열탕에 몸을 담갔다. 땀을 쭉 빼고 나자 온몸이 노곤해졌다. 뜨끈한 바닥에 누워 눈을 감으니 잠이 담요처럼 내려앉았다. 따뜻한 물속을 유영하는 것 같은, 크고 부드러운 손이 머리를 쓰다듬는 것 같은 잠이었다. 예전에는 사우나에서 먹고 자는 사람들에 대한 편견이 있었다. 문제가 있거나 인생을 잘못 산 사람들이나 그런 데서 지낸다고 생각했다. 그런데 짐을 정리하고 보니 외롭고 가난하고 기댈 데 없는 인생이 사우나의 한 귀퉁이에 잠시 몸을 누이는 것이다.

사우나에 머문 지 일주일쯤 됐을 때 이백이 말을 걸었다. 나는 주문한 떡만둣국을 기다리는 중이었고 그는 캔 맥주를 든 채 맞은 편에 와서 앉았다.

"혹시 건식 사우나에 속옷 널어놨어?"

몸은 왜소한데 금테 안경 속 눈매가 매서웠다. 초면인데도 자연스럽게 반말을 썼다. 무슨 얘기인지 몰라서 네? 하고 되물었다.

"자꾸 거기에 빨래 말리는 사람들이 있어서 말이야."

그는 자신을 이백이라고 소개했다. 내 번호 키를 쓱 보더니 영팔, 하며 중얼거렸다.

"지난주부터 여기서 지내는 것 같더라고. 얼굴이나 익히고 지내자고."

그는 굳은살 없이 매끈한 발뒤꿈치를 만지작거렸다. 얼굴이 투실한 남자가 식당에서 나오며 이백을 보더니 고개를 꾸벅 숙였다. 이쪽은 오야. 이백의 말에 오는 대뜸 다가와서 악수를 청했다. 얼결에 일어나 손을 마주 잡았다. 오는 말끝마다 이백을 형님이라고 불렀다.

"나야 밖에 집도 있고 나가서 살려면 얼마든지 살 수 있지. 우리 아들은 왜 이런 데서 지내느냐고 난리야. 지금 군대에 갔는데 키가 180이 넘고 덩치가 산만 해. 전화할 때마다 아버지는 사서 고생한다고 뭐라 하는데, 여기가 얼마나 좋냐고. 청소 다 해줘. 옷 줘. 배고프면 밥 사먹으면 돼. 세상에 여기보다 편한 데가 없어."

이백은 밖에 나가지 않은 지 6개월이 넘은 것 같다고 했다. 심지어 휴가 나온 아들이 사우나에 와서 이틀이나 자고 갔다고 했다.

"밖에 나갈 필요가 뭐 있냐. 여기 다 있는데. 나가야 정신없고 복잡하기만 하지."

이곳에서 사는 남자들은 어림잡아 10명 정도였다. 숙식만 해결하는 건 나와 구, 삼 정도로 삼은 곧 다른 도시의 회사로 갈 예정이라 잠시 이곳에서 지냈고, 막노동 일을 하는 구는 쉴 때 사우나에 머물렀다. 이백과 오 그리고 몇 사람은 사우나 안에서만 살았다. 그들은 밖에 거의 나가지 않았지만 답답하거나 불편하지 않다고 했다.

실제로 사우나 안에는 모든 게 다 있었다. 없는 건 가족 정도였다. 이백은 어떤 얼굴이 자주 보인다 싶으면 가서 말을 걸었고 탁자로 불러들여 같이 밥을 먹었다. 말을 트고 밥과 술을 마시며 그들은 형님 동생, 하고 지냈다. 나에게도 어쩌다 여기 왔는지, 무슨 일을 하고 언제까지 있을 건지 물었고, 이곳에서 지내는 사람들을 소개해줬다. 밖에서 만났다면 대충 둘러대고 말았을 테지만 사우나에서는 마음이 물에 분 비누처럼 흐물거려서 진심이 술술 흘러나왔다. 이백을 특별히 신뢰한다거나 그들과 친하게 지내고 싶은 건 아니었다. 교복처럼 걸친 찜질복이 유대감을 형성하며 경계심을 무너뜨렸다.

그뒤로 이백이나 그가 소개해준 사람들과 인사를 주고받으며 지냈고 가끔은 한 상에 둘러앉아 갈비탕이나 육개장을 시켜 먹었다. 그럴 때면 먼 친척의 결혼식이나 장례식에 와 앉아 있는 기분이었다. 사우나에서 지낸 지 이주일쯤 지났을 때 이백이 이름이 아니라 그가 6개월 동안 사용한 옷장의 번호라는 걸 알게 됐지만 별로 놀라지 않았다. 그는 나에게 여전히 이백이었고 오히려 그게 숫자라는 사실을 잊었다. 그들은 나를 영팔이나 오영팔이라고 불렀고 나도 그게 편했다.

혼자였지만 사람들과 한 공간에 모여앉아 드라마나 뉴스, 스포츠 경기를 보며 같이 흥분하고 응원하고 웃고 떠드는 동안에는 잠시 우리라는 기분에 젖었다. 구석에서 휴대폰을 들여다보고 있으면 이백은 이런 데서 지낼수록 사람들하고 잘 어울려야 된다고 충고했다. 이혼이 대수냐, 세상에 널린 게 여자야, 연애 좀 해, 여기에도 괜찮은 여자들이 얼마나 많아, 하며 옆구리를 찔렀다. 그는 실제로 한증막이나 아이스 방에서 만난 여자들에게 치근거렸고 연애 비슷한 것도 하는 모양이었다. 내가 바라는 건 집이 얼른 팔려서 대출금을 갚은 뒤 전처와 돈을 나누어 갖는 것, 그래서 제대로 된 나만의 공간에 정착하는 것이었다. 연애 생각이 없진 않았지만 제대로 된 원룸이라도 얻은 다음에 해도 늦지 않을 것 같았다.

팔목에 차고 다니던 번호 키가 사라졌다는 걸 깨달은 건 한달 이용권이 다섯장쯤 남은 때였다. 뉴스를 본 뒤 화장실에서 손을 씻고 나오는데 손목이 허전했다. 저녁을 먹을 때만 해도 차고 있던 것 같은데 그뒤로는 기억이 없었다. 어쩌면 훨씬 전에 잃어버렸는데 인식하지 못했을 수도 있었다. 처음에는 수시로 번호 키를 확인하고 지갑과 카드가 있는지 체크했지만 어느 순간부터 신경 쓰지 않았다. 식당과 피씨방, 흡연실, 아이스 방, 한번이라도 들른 적이 있던 곳을 되짚어봤지만 번호 키는 보이지 않았다. 오영팔, 오영팔, 나는 계속 중얼거리며 돌아다녔다. 그건 단순히 옷장의 열쇠 번호가 아니라 이곳에서의 내 이름, 내 짐, 내 집의 번호였다. 카운터에 얘기하고 돈을 지불한 뒤 새 열쇠를 받아도 되지만 만약 누가 옷장 문을 열고 짐을 가져갔다면 낭패였다. 다시 식당으로 가서 탁자 밑을 더듬는데 머리가 허연 남자가 이거 찾습니까? 하며 자기 손목을 가리켰다. 이백이 대머리독수리라고 욕하던 남자였다. 그는 남탕의 체중계 근처에서 열쇠를 주웠다고 했다.

다행히 옷장은 누가 열어보거나 손댄 흔적이 없었다. 내가 맥주라도 한잔 사겠다고 하자 그는 다음 날 출근해야 한다며 식혜를 시켰다. 함께 식혜를 흔들어 마시는데 텔레비전에서 상조 회사 광고가 나왔다. 남자가 상조 회사에 다닌다던 얘기가 떠올랐다.

"요즘은 상조 회사도 광고를 많이 하네요."

"죽음도 상품이 됐으니까요."

그는 잠시 침묵하더니 사람들이 장례에 대해 잘못 알고 있는 게 많다고 운을 뗐다. 나는 죽음이나 시비를 가리는 얘기 모두 관심이 없었지만 열쇠를 찾아준 사람에 대한 예의를 지키고 싶었다. 식혜를 다 마실 때까지는 그가 어떤 얘기를 하든 들어줄 작정이었다.

"어떤 관이 좋은 건지 압니까?"

갑작스러운 질문에 관이요? 하고 되물었다. 장례식에 갈 일은 많지만 관을 고른다거나 매장하는 걸 직접 볼 일은 없었다. 부모님은 살아계셨고 가까운 친척의 장례에서도 발인이 언제고 장지가 어디인지 정도만 관심을 가지면 그만이었다. 그런 것보다 조의금을 얼마 하느냐가 더 중요했다.

상조 회사 광고에 나오는 사람들이 침착한 얼굴로 수의와 관을 골랐다. 남자는 사람들이 지상에서 머무는 마지막 집이라는 생각으로 관을 고른다고 했다. 어떤 관을 선택하느냐가 고인이나 자녀들의 경제적인 상황이나 삶의 수준을 드러낸다는 인식 때문에 상조 회사나 장례 업체에서는 비싼 관에 모시는 것이 마지막 효도라는 분위기를 조성했다. 관의 가격은 나무의 수령(樹齡)에 따라 결정된다. 고가인 향나무나 적송은 70년에서 백년 사이의 것을 사용하는데 재질이 단단하고 무겁다. 많은 사람들이 마지막 가는 길을 잘 준비하고 못다한 효도를 하기 위해 적송이나 향나무 관을 선호하는데 나중에 이장할 때 보면 물이 차 있는 경우가 많다고 했다. 그는 좋은 관은 시신을 오래 보존하는 게 아니라 시신이 빨리 흙으로 돌아가게 해주는 거라고 했다. 그런데 사람들은 종종 관의 역할이 뭔지 좋은 관의 의미가 어떤 건지 잊어버린다는 것이다. 일반적으로 쓰는 오동나무 관은 수령이 15년 정도 된 것으로 만드는데 바람이 잘 통하고 가볍다. 불에 잘 타서 화장하기에도 좋다.

"관의 목적은 결국 사라지는 거니까요."

남자의 목소리는 부드럽지만 단호했다. 식혜를 마시며 듣기에는 거북한 얘기였다. 사우나 입장권이 몇장 남지 않아 앞으로 어디서 지내나 고민하는 마당에 죽을 때 누울 관이라니, 먼 얘기처럼 느껴지기도 했다. 바닥에 가라앉은 밥풀을 먹기 위해 통을 흔들면서 나는 고시텔에 있던 침대를 떠올렸다. 그것은 점차 몸을 누이는 모든 네모난 자리로 확장되었다. 유쾌한 연상은 아니었다. 식혜를 다 마신 남자는 잘 먹었다는 인사를 한 뒤 먼저 일어났다.

한장씩 제출하는 입장권은 두장 남았다. 달리 옮겨갈 곳도 없으면서 나는 입장권 결제를 자꾸 미뤘다. 시간이 지날수록 사우나의 개방성에 진저리 났다. 요금을 지불하는 사람 모두에게 열려 있는 곳이라 누구나 불시에 들락거릴 수 있고 다 같이 공유해야 한다. 모두가 보는 데서 옷을 갈아입고 먹고 자는 게 노숙과 다른 점이 뭔가 싶었다. 사람들의 출입이 뜸한 곳을 찾아 헤맸지만 이 거대한 건물에 온전히 혼자 있을 수 있는 공간은 한평도 없었다. 나는 가끔 화장실의 양변기에 앉아 한 손으로 휴대폰을 부여잡고 다른 손으로 급하게 성기를 만지작거렸다. 흥분을 충분히 즐기고 싶은데 소리가 새어 나갈까봐 온전히 몰입할 수가 없었다. 절정으로 치닫는 순간 한쪽 이어폰을 빼고 주위를 살피며 소리를 조절했다. 변비를 앓는 사람처럼 이를 악물고 끙끙거렸다. 사우나에서 온전한 내 공간이라곤 오영팔, 번호 키로 잠그는 옷장뿐이었다. 가끔은 그 안으로 들어가 눕고 싶었다.

열쇠를 찾아준 남자는 주말에만 볼 수 있었다. 식당에서 마주치면 가볍게 인사를 나눴고 같은 테이블에 앉아 밥을 먹기도 했다. 하루에 한끼일 때도 있고 더 많을 때도 있었다. 저녁에는 이백이나 다른 사람들도 합석했다. 남자는 밥은 같이 먹었지만 술은 입에 대지 않았다. 사람들은 남자의 집이 얼마나 넓고 좋은지, 그런 집을 두고 왜 주말마다 사우나에서 지내는지 궁금해했다. 몇은 대놓고 비꼬았고 몇은 노골적으로 의심했다.

그는 처음부터 상조 회사에 다녔던 건 아니라고 했다. 건강식품, 정수기 회사의 영업사원으로 일하다 상조 회사로 옮겼다. 두 회사에서 그는 실적이 거의 없는 무능한 영업사원이었다. 상조 회사에 다니면서 영업수당이라는 걸 처음 챙겼지만 장례 업은 재미와는

거리가 멀었다. 그때만 해도 상조 회사라는 개념이 없고 장례 지도
사나 장례 전문가라는 명칭도 생기기 전이었다. 지금이야 상조 프
로그램 가입을 권유한 뒤 보험처럼 이용하게 만드는 시스템이지
만, 그때는 병원 장례식장 앞에 죽치고 있다가 오가는 사람들에게
명함을 건네거나 경황없이 우왕좌왕하는 유족들에게 위로를 건네
며 직접 일을 따내는 식이었다. 유가족에게 다가가 도움이 필요하
면 말씀하시라고 명함을 건네면 붉게 변한 눈으로 노려보기 일쑤
였다. 아무런 대비 없이 일을 당했거나 가족의 죽음을 현실로 받아
들이기 어려운 사람들, 친척과 지인들에게 알리는 것조차 버거운
사람들이 속는 셈치고 일을 맡겼다. 그는 관과 수의 등의 장례용품
을 손으로 일일이 만져가며 업체를 선정하고 가격을 조정했다. 전
국 각지의 장례식장과 묘지, 납골당, 화장장도 직접 돌아다니며 계
약을 맺었다. 20세기의 끝과 21세기의 시작을 병원의 장례식장 앞
에서 맞이했다.

한해 두해 시간이 지나면서 따로 주머니를 불릴 수 있는 기회가
생겼지만 남자는 당장의 이익을 챙기기보다 멀리 내다보고 일했
다. 싼 걸 비싸게 파는 것보다 많은 사람에게 파는 일이 적성에 더
맞기도 했다. 일의 특성상 고객 쪽에서 만족감을 드러내는 건 쉽지
않지만 그가 일하는 방식에 불만을 드러낸 경우는 없었다. 오히려
명함을 갖고 있다가 다시 부탁하거나 다른 사람에게 소개하는 경
우가 많았다. 일은 고됐지만 점차 고객이 늘었고 영업 실적에 따라
인센티브를 받았기 때문에 월급이 꾸준히 올랐다. 정수기 회사에

다닐 때를 생각하면 놀랄 만한 성과였다. 그는 승진이 빨랐고 회사의 주력 사업이 회원 유치로 돌아선 뒤에도 장례 업무 관장 부서에서 일했다. 상조 회사는 그를 먹여 살렸지만 그가 했던 일 중에서 삶과 가장 멀리 떨어져 있었다.

또래의 남자들이 연애와 결혼에 열을 올리는 동안 남자는 돈을 모아 집을 샀다. 운이 좋아서 살던 집을 팔고 옮겨갈 때마다 돈을 벌었다. 이사를 다닌 목적이 투기는 아니었지만 돈이 많아지니 선택의 폭이 넓어졌다. 부동산 얘기가 나오자 이백이 옆으로 슬쩍 돌아앉았다.

"당신 같은 사람들 때문에 우리나라 땅값이 이 지경 된 거 아니야?"

"맞아요. 땅값, 집값 문제 많지요."

남자는 고개를 끄덕거렸다. 그가 집에 관심을 가지게 된 건 고객의 죽음 때문이었다. 고객은 그와 동갑이었고 결혼을 앞둔 상태였다. 신혼집을 계약하고 오는 길에 교통사고를 당했다고 했다. 그는 죽은 남자의 장례식장에 새벽까지 있다가 집에 돌아왔다. 죽음에 대해 덤덤한 편이라 이 일을 계속 할 수 있었고 일과 관련해서는 더욱 그렇다고 믿으며 지냈다. 일하는 동안 염하는 것도 보고 입관도 여러차례 지켜봤지만 관이나 수의는 땅에 묻히거나 불태워지는 것일 뿐이고 침통함은 하룻밤을 넘기지 않았다. 다음 날 아침이 되면 그는 숙취음료를 마시며 출근했다. 죽음이 자신과는 거리가 멀고 삶에 영향을 끼치지 않으며 하는 일의 일부일 뿐이라고 여기며 살았다. 그런데 동갑인 고객의 장례식장에서 돌아와 방문을 열고 어둠속에서 불을 켰을 때 죽음이 바로 거기, 좁고 네모난 방 안에 웅크리고 있는 것 같았다. 지금까지 술에 취한 미치광이들이 모는 차가 달리는 도로 한복판에 무방비 상태로 서 있었으며, 주머니 안에 칼을 숨긴 싸이코패스들이 활보하는 거리에서 웃으며 걸어다닌 셈이라고 생각하니 몸이 떨렸다. 아슬아슬하게 죽음에서 비껴났고 가까스로 살아남아 여기까지 왔다는 걸 깨달았다. 다행이고 운이 좋았다는 생각보다 죽음이 그림자처럼 발끝에 따라붙어 있다는 사실이 두려웠다. 바닥에 머리를 대면 바로 잠이 들 것처럼 피곤한데도 지난밤처럼 달게 잘 수 없었다. 죽음의 영향을 받지 않고 아무 데서나 잘 자던 삶은 완벽한 과거가 되어버렸다. 잠은 둘째 치고 숨조차 제대로 쉴 수 없을 정도로 가슴이 답답했다. 그는 누웠다가 일어나 앉기를 반복했고 손으로 가슴을 두드리며 진땀을 흘렸다. 다음 날 퇴근길에 부동산 중개업소에 들렀다.

그뒤로 승진할 때마다 집을 옮겼다. 대출을 받았고 다달이 이자와 원금을 갚아나갔다. 열심히 일할 때, 일에 빠져 살 때 그는 죽음에 대해 잠시 잊었다. 더 넓은 집으로 옮긴 뒤 탁 트인 공간에 들어가서 온 집 안의 불을 켜고 그 안을 돌아다닐 때 잠깐 삶이 선사하는 환희에 젖었다. 다른 것보다 침실과 침대의 크기에 신경을 많이 썼다. 잠들기 전에는 넓은 침대 위에서 팔다리를 쭉 펴고 뒹굴거리며 삶과 공간의 여유를 만끽했지만 정작 잠이 들면 팔다리를 모으고 몸을 웅크린 채 꼼짝도 하지 않았다.

부서원의 집들이에 갔다 온 날 남자는 모처럼 취기 속에서 집 안을 둘러봤다. 1인용 소파 외에 다른 가구가 없는 거실과 커다란 침대만 놓인 침실이 평소보다 더 휑해 보였다. 둘째 아이가 태어나 이사했다는 부서원의 집은 가구와 물건으로 복작거렸다. 정신없는 곳이었다고 생각하면서도 돌아온 뒤로 그는 탁자를 들이고 안마의자를 사고 벽에 걸 그림을 골랐다. 코너마다 조각상을 세워놓고 조명을 바꾸었다. 한동안 그는 집을 채우는 데 심혈을 기울였다. 돈을 들인 덕분에 집은 꽤 그럴싸해 보였지만 흥미는 오래가지 않았다. 자정이 넘어 어둑한 집에 들어서면 현관의 쎈서 등이 집 안을 희미하게 비췄다. 그림자를 길게 늘인 물건들은 온도나 냄새가 없었다. 쓰던 물건과 부리던 사람들을 그대로 묻었다던 고대의 무덤이 눈앞에 펼쳐져 있는 것 같았다.

그다음 집을 고를 때 가장 신경 쓴 건 창밖으로 보이는 풍경이었다. 그동안은 엘리베이터가 무서워서 저층을 고집했지만 지상에서 멀리 떨어져 시선을 먼 데 두며 살고 싶어졌다. 그러면 갑갑증이 좀 사라질 것 같았다. 한강이 내려다보이면 좋겠다고 말하자 중개업자가 세군데의 아파트를 추천했다. 그중에서 베란다 창이 하늘 반 한강 반으로 꽉 차는 곳을 골랐다. 전 주인이 창 앞에 러닝머신을 놓고 강을 내려다보며 달리는 걸 즐겼다고 해서 러닝머신도 주문했다. 그도 곧 한강을 보며 뛰는 일에 푹 빠졌다. 한참 달리다보면 뛴다는 사실조차 잊었고 마음이 강물처럼 잔잔해졌다. 죽음과 관련된 일을 하며 사는 동안 그는 지속적으로 마모되었다. 다른 일을 하며 살았다고 해도 사정은 비슷했을 것이다. 뛰면서 그는 이후에 닥쳐올 두려움을 지우려고 애썼다. 산다는 건 어차피 오동나무 관을 향나무 관으로 바꾸려고 애쓰는 과정일 뿐이었다.

창밖의 하늘과 강을 보며 그는 부대끼며 사는 일과 온기와 마음을 나누는 관계에 대해 생각했다. 일하느라 정신없고 마음에 드는 상대도 못 만나서 혼기를 놓친 지 오래됐지만 늦게라도 가정을 꾸려볼까 싶어졌다. 그런 뜻을 넌지시 비치자 동료 몇이 주선자가 되겠다고 나섰다. 주말 이틀을 모두 호텔 커피숍에서 보낸 적도 있었다. 여자들은 표정이 밝고 저마다의 방식으로 아름다웠다. 무엇보다 삶과 결혼에 대한 기대로 충만했다. 그녀들과 만나고 얘기를 나눌수록 그는 위축되었다. 그가 가진 건 집뿐이었고 그외에는 아무것도 없었다. 기대를 충족시키거나 실망을 견뎌낼 자신이 없었다. 그는 머뭇거리다 결혼이라는 관문 앞에서 돌아섰다.

그냥 혼자 살겠다고 하자 사람들은 더 좋은 조건의 여자를 소개하려고 했다. 그래도 그가 반응을 보이지 않자 눈이 그렇게 높으면 혼자 살아야지 별 수 없다는 말을 농담처럼 건넸다. 그는 진심을 말하는 대신 웃고 말았다. 선을 그만 보기로 한 첫 토요일은 공교롭게도 생일이었다. 평일이라면 회사에 나가 대충 때우고 말았을 텐데 냉장고는 텅 비었고 배달 음식도 내키지 않았다. 창밖의 한강은 햇빛을 받아 쓸데없이 반짝거렸다. 그걸 보며 뭘 기분이 아니었다. 시내에 나가 따뜻한 죽이나 한그릇 사 먹을 요량으로 차를 몰고 나갔다. 이른 시간이라 문을 연 곳이 눈에 띄지 않았다. 예상과 달리 그는 꽤 멀리까지 오게 되었고 사거리에 우뚝 솟은 사우나 건물을 보았다. 땀을 쭉 뺀 뒤 먹는 죽도 괜찮을 것 같아 주차장으로 들어갔다. 마침 식당의 메뉴판에는 미역국이 있었고 그는 사람들 사이에 끼어 앉아 오래 끓여 부드러워진 미역국을 떠먹었다. 사람들과 함께 텔레비전을 보고 사람들 사이에서 잠들면서 묘한 안온함을 느꼈다. 이런 생일도 나쁘지 않은 것 같았다. 꼭 가족이 아니더라도 괜찮지 않나. 그에게는 이 정도의 거리와 온기, 이 정도의 소음이 적당했다. 그때부터 사우나에 와서 주말을 보내게 되었다. 남자의 얘기를 들은 사람들 중 몇은 고개를 끄덕거렸고 몇은 여전히 의심을 지우지 못했다.

전처는 가끔 메시지를 보내거나 전화를 했다. 처음 몇번은 안부를 물으며 얘기를 시작했지만 나중에는 집을 보러 온 사람이 있으니 가격에 대해 상의해 보자는 식의 본론만 꺼냈다. 중개업소 쪽에서 말하는 절충은 모두 매매가를 낮추라는 거지만 그녀는 급매라도 마지노선은 정해두어야 한다고 주장했다.

이혼을 결정한 뒤 그녀와 나는 우리 관계가 왜 이렇게 되었나, 누구의 책임이 더 큰가, 고민할 겨를도 없이 살던 집은 어떻게 하고 물건을 어떻게 나누고 앞으로 어디에서 살 것인가, 하는 문제 때문에 골머리를 앓았다. 빨리 혼자가 되고 싶은데 한집에 묶여 있어야 하는 현실이 갑갑했다. 중개업소에 집을 내놓고 팔리는 대로 즉시 돈을 나누는 것만이 해결책인 것 같았다.

중개업소의 인조가죽 소파에서는 말 한마디에 몇천만원이 오르락내리락했다. 살 때는 제시하는 금액을 맞추느라 속을 끓였는데 매매를 결심한 순간부터 당연하다는 듯 손해를 감수해야 했다. 아내와 내가 무리해서 집을 산 건 그곳에서 행복하게 지내기 위해서였지 예상하지 못한 매매의 순간에 몇천만원을 날려버리기 위해서가 아니었다.

세입자로 사는 동안 이사 다닐 때마다 벽지와 바닥 매트를 새로 했고 이사 비용과 복비를 지불했다. 돈과 시간이 길 위에서 사라지는 게 아까웠다. 아내가 눈여겨보던 아파트가 급매로 나왔을 때 우리는 앞으로의 삶을 위해 대출을 받기로 했고 매매계약서에 도장을 찍었다. 이사하던 날 저녁에는 서로의 노고를 치하하며 손을 잡았고 파트너십과 애정이 충만한 포옹을 했다. 그 순간에는 원금과 이자라는 올무가 우리의 오른발과 왼발을 묶어 이인삼각의 주자로 만들었다는 사실을, 계약서에 도장을 찍은 순간부터 빚을 갚기 위한 인생이 시작됐다는 것을 잊었다. 시선을 다른 데로 돌렸고 안정과 행복을 향해 나아가고 있다고 믿기로 했다.

이혼하기로 했는데 집이 팔릴 때까지 같이 산다는 건 여러모로 불편하고 불쾌했다. 각방을 쓰고 식사를 각자 해결하는 것과 상관없이 인기척을 느끼고 얼굴을 마주치는 게 곤혹스러웠다. 내가 나갈 테니 네가 여기에서 지내라는 말에 아내는 이혼 얘기가 나온 뒤 처음으로 고맙다고 했다.

집을 팔아야 한다는 목표는 같지만 매매가의 마지노선에 대한 전처와 나의 입장은 점점 달라졌다. 갚아야 할 대출금과 이자를 생각하면 적정 금액을 제시하는 상대가 나타날 때까지 기다리며 버티는 게 좋지만 밖에서 떠도는 시간이 길어지다보니 나는 손해를 감수하더라도 빨리 집을 팔아버리고 싶어졌다. 그 정도 가격이면 팔자고 할 때마다 그녀는 집값이 바닥을 쳤으니 조금만 더 기다려보자고 설득했다. 지금보다 더 떨어지지는 않는다는 게 그녀의 의견이었다. 그러나 늦게 팔면 팔수록 그만큼 이자를 내고 불안정한 생활의 비용을 지불해야 하니 무엇이 더 현명한지는 알 수 없었다. 그건 옳고 그름의 문제가 아니라 결정의 문제였다. 그래서 나는 전처가 집을 파는 일에 비협조적이라는 생각을 지울 수 없었다. 집 문제로 더이상 얽히는 것도 싫고 괜찮은 원룸을 구하고 싶은 마음이 불쑥거려서 통화할 때마다 화가 났다. 집 얘기를 하며 둘 다 언성을 자주 높였고 상대가 얼마나 이기적이고 생각이 짧은지 비난했다.

"여전히 네 생각만 하는구나."

"그럼 자기는 지금 내 생각해서 이러는 거야?"

전처는 왜 지금만 생각하느냐며 답답해했고 나는 그 집에서 혼자 살 수 있는 기회를 양보했으니 이제는 내가 존중받을 차례라고 주장했다. 우리가 쉽게 의견일치를 본 건 집을 사기 전에 이혼했으면 좋았을 거라는 것뿐이었다.

주소를 적어야 할 일이 생기면 여전히 전처가 살고 있는 아파트로 적었다. 주소지와 거주지가 달라 크게 불편하지는 않았다. 물론

사는 곳이 어디인가는 중요한 문제였다. 다들 더 좋은 곳으로 옮겨 가기 위해 빚을 지고 갚아가며 사니까. 가끔 퇴근길에 들러 우편함에 쌓여 있는 내 몫의 우편물을 챙겨왔다. 건재한 아파트와 무심하게 오가는 사람들과 우편물에 견고하게 인쇄된 주소를 보고 있으면 다시는 이런 곳에서 살지 못하리라는 예감이 들었다.

주말에는 나도 모르게 상조 회사 남자를 기다렸다. 같이 밥을 먹으며 두런두런 이야기를 나누면 묘하게 마음이 편해졌다. 남자는 된장찌개를 자주 시켰고 나는 메뉴를 고르기 어려워 매번 카운터 앞에서 서성거렸다. 새로운 게 먹고 싶은데 그게 뭔지 알 수 없었다.

"난 때가 되면 그냥 기계적으로 먹어요. 딱히 먹고 싶은 것도 없고."

남자는 뚝배기에 담긴 된장찌개가 나오면 뜨거운 물을 부어 싱겁게 만들었다. 먹는 일로 고민하는 건 건강하다는 증거라며 부러워했다.

케이블 방송에서는 프로그램을 시작하기 전에 광고를 내보냈다. 대출과 보험, 상조 회사 광고가 길고 지겹게 이어졌다. 모델들의 표정과 제스처는 대조적이었으나 사람들을 불안으로 몰고 간다는 점은 비슷했다. 저 회사에서 대출 받고 이 상품과 저 상품에 가입하면 위태롭고 황망한 순간에 구제받아 편안히 눈을 감을 수 있는 건가 싶었다.

"돈이 뭔지 모르겠어요."

나는 논이 많아 넓은 집에서 편하게 살 수 있는 남자가 부러웠다.

"많은 걸 편하게 만들지요. 사람을 외롭게 만들기도 하고요."

남자는 죽는 순간에 대해 상상해본 적이 있느냐고 물었다. 나는 고개를 저었다. 요즘은 많은 사람들이 병원의 수술실이나 중환자실에서 혼자 죽음을 맞이한다. 가족들도 죽음을 지켜보지 못하고 대부분 사망선고 이후에 통보받는다.

"집에서 죽지 않는 한 가족들도 고인을 직접 볼 기회가 별로 없어요."

장례 절차는 죽음을 받아들이고 고인을 보내기 위한 준비를 하는 건데 돈만 지불하면 염습도 반함도 입관도 파견된 장례 전문가가 다 처리해준다. 생전에 고인이 원하던 죽음의 방식과는 상관없이, 상조 회사의 얼마짜리 상품에 가입했느냐에 따라 프로그램이 진행된다. 가족들은 각자 시간을 내서 지인들에게 연락하고 자신의 슬픔은 알아서 추스르면 그만이다. 죽음은 변하지 않았고 죽음의 본질은 그대로인데 죽음의 처리나 절차, 의식은 점점 간소화되고 세련되게 포장되었다. 슬픔이나 애통함은 밖으로 흘러넘치지 않게 단속하고 죽음 자체도 전선처럼 피복에 싸서 땅 밑에 묻어버리거나 송전탑처럼 높이 띄워버렸다.

남자도 죽음의 현장에서 일하지 않은 지 오래되었다고 했다. 향 냄새를 맡을 일도 없고 수의도 만지지 않고 입관이나 매장도 지켜보지 않게 되면서 죽음의 그늘에서 많이 벗어났다고 생각했다. 지상에서 멀어져 한강을 내려다보며 살면 자유로워질 줄 알았다. 그런데 엘리베이터를 타고 20층을 오르내릴 때마다 위아래 연결된

강철 로프가 힘겹게 움직인다는 느낌을 지우지 못했다. 그는 장례 식장에서 일할 때보다 일상 속에서 지낼 때, 발 아래, 머리 위, 도처 에서 입을 벌리고 있는 죽음을 느꼈다. 이사를 다니고 사우나에서 자는 건 제스처일 뿐이다. 새 집에 들어가거나 사람들 사이에서 먹 고 잔다고 해서 잊어버리고 벗어날 수 있다면 두려워할 필요도 없 을 것이다. 나는 남자의 말에 대체로 수긍하면서도 그가 정신과 치 료를 받아야 하는 게 아닐까 생각했다.

집에 관심을 보이는 사람이 나타났다고 해서 매매가를 조금 낮 춘 뒤 팔기로 했다. 이번에는 전처도 순순히 동의했다. 퇴근길에 중 개업소에 들러 계약서에 이름을 쓰고 도장을 찍었다. 탁자 위에 이 사 날짜와 잔금 같은 사무적인 얘기와 과장된 덕담이 두루 펼쳐졌 다. 엉덩이 부분이 꺼진 소파에 앉아 나는 1006호의 새로운 주인이 매매계약서를 안주머니에 넣는 것을 지켜보았다. 기다리던 순간인 데 마음이 이상하게 가라앉았다. 중개업소에서 나온 뒤 전처와 같 이 저녁을 먹고 헤어졌다.

사우나에 돌아와서 찬물이 쏟아지는 샤워기 아래 서 있었다. 대 출금을 갚고 남은 돈을 반으로 나누면 괜찮은 원룸을 얻기도 빠듯 했다. 그래도 여기에서 나가 사람답게 살 수 있을 거라고 생각하며 희망을 부풀렸다. 무리를 하면, 다시 대출과 이자를 갚는 삶으로 돌 아가면 더 좋은 곳을 구할 수도 있을 것이다. 나는 냉탕 안에서 팔 다리를 열심히 움직이며 앞으로 나갔다.

상조 회사 남자는 2주째 보이지 않았다. 나가기 전에 같이 저녁이나 먹으려고 몇 사람을 불러 모았지만 다들 남자에 대해 아는 게 없었다. 두달 동안 주말마다 같이 밥도 먹고 얘기도 나눴는데 이름이나 연락처, 사는 곳이 어딘지도 몰랐다.

제육볶음을 먹으며 이백은 이제야 고기맛이 제대로,라고 흡족해했다. 진즉에 이랬어야지. 그는 자신이 이 모든 걸 바로 잡았다는 사실에 잔뜩 고무돼 있었다. 부대찌개의 소시지를 건져 먹던 오가 축구 얘기를 하다가 남자를 언제 봤는지 생각났다고 했다.

"토요일 밤에 축구 중계 끝나고 수면실에 누워서 게임을 하고 있었거든. 대머리독수리가 목침하고 이불을 들고 오더라고. 두리번거리기에 자리를 찾는가보다 했지. 그런데 갑자기 다 팽개치고 뛰쳐나가는 거야. 얼굴을 보니까 사색이 됐더라고."

오는 영문을 모르겠다는 듯 고개를 저었다. 그 사람 원래 좀 이상하잖아. 삼이 히죽거렸다. 이백은 나를 보며 정들자 이별이네, 하며 아쉬워했지만 새로 들어온 칠과 얘기하느라 바빴다. 긴장이 풀린데다 냉탕에서 수영을 오래 해서인지 맥주를 두 캔 마셨을 뿐인데 졸음이 몰려왔다.

자정이 되자 홀의 전체 조명이 꺼지고 수면등이 군데군데 켜졌다. 몇 사람은 피씨방으로 몇 사람은 흡연실과 아이스 방으로 흩어졌다. 나는 목침을 챙겨들고 수면실에 들어갔다. 자주 눕는 자리에 다른 사람이 자고 있어서 누울 만한 곳을 찾았다. 수면 베드 위에 사람들이 띄엄띄엄 누워 있고 코 고는 소리가 낮게 퍼졌다. 사람들의 얼굴이 핏기 없이 창백해서 전염병이나 전쟁이 휩쓸고 간 폐허 같았다. 아무 데나 누워 잠들고 싶었지만 묵직하게 내려앉은 공기가 갑갑해서 속이 안 좋았다. 나는 바닥에 널브러져 있는 사람들을 쳐다보다가 목침과 이불을 내려놓고 나왔다. 자려고 들어오던 오가 의아하다는 듯 쳐다봤다. 벽 아래쪽에 붙은 비상구의 불빛이 희미하게 수면실 안을 비췄다.

변
해
가
네

딸의 진통은 예정일보다 일주일 빨리 시작되었다.

전화를 받았을 때 나는 병원에서 한시간 정도 떨어진 곳에 와 있었다. 점심시간이었고 주문한 한정식이 이제 막 상 위에 차려진 참이었다. 첫애는 예정일보다 늦어질 가능성이 크다고 해서 마음을 놓았는데 전화기 속에서 딸의 목소리는 뜨겁고 다급하게 쏟아져 내렸다. 사위는 출장 중이었고 나 역시 일정이 더 남은 상태였다. 의사 선생님은 뭐래? 나는 자리에서 몸을 반쯤 일으켰다. 걱정 말고 병원에서 시키는 대로 해. 엄마가 좀 멀리 왔는데 얼른 마무리하고 갈 테니까. 목에 뜨거운 게 걸린 것처럼 말이 잘 나오지 않았다. 나이가 들면 이런 난감한 순간을 좀더 현명하게 지나갈 수 있을 줄 알았는데 허둥대는 건 여전했다.

전화를 끊고 나니 휴대폰을 쥐었던 손이 축축했다. 맞은편 자리에 앉아 있던 엄마는 접시를 쳐다보며 입맛을 다셨다. 맛있는 점심을 먹겠다는 기대 하나로 아침도 먹는 둥 마는 둥 하고 차에 탄 양반이었다. 눈치를 살피다가 내가 자리에 앉자 손으로 반찬을 허겁지겁 집어먹기 시작했다. 말리거나 젓가락을 건네거나 상황을 설명할 겨를도 없었다.

"엄마……"

눈이 마주치자 엄마는 입을 크게 벌리며 웃었다. 당장 딸에게 달려가고 싶은 마음을 누르며 입가를 닦아주었다. 병원에 있는 딸과 탁자 너머에 앉아 있는 엄마가 아슬아슬하게 비껴 지나갔다. 어제 한 파마머리에 새 옷을 입어 엄마는 평소보다 젊어 보였지만 팔순이 지난 얼굴에 아이의 천진함이 깃드는 순간이면 아직도 가슴이 철렁 내려앉았다. 젓가락을 드는데 손목 안쪽이 찌릿했다. 손을 내리고 접시를 엄마 앞으로 밀어주었다.

차에 타서 핸들을 잡자 다시 손목이 시큰거렸다. 잠깐 손목을 주무른 뒤 차를 출발시켰다. 딸의 목소리는 내내 귀에 뜨겁고 끈적하게 들러붙어 있었다. 엄마는 누룽지맛 사탕을 입에 문 채 창밖을 내다봤다. 에어컨의 냉기가 차 안에 천천히 퍼져나갔다.

고통은 언제나 손목에서부터 시작되었다. 화병을 앓는 사람이 툭하면 가슴을 두드리며 갑갑증을 호소하듯, 비 오기 전이나 컨디션이 안 좋을 때, 두 아이를 낳은 달이 되면 손가락 마디마디가 저릿하고 수십개의 바늘이 손목 안쪽을 찌르는 것처럼 찌릿했다. 병

원에서는 산후풍이라고 했고 쉰이 넘어서는 관절염 진단을 받았
다. 병뚜껑을 돌려 따거나 행주나 걸레의 물기를 짤 때, 무거운 물
건을 드는 순간, 잘 벼린 칼날이 찌르고 들어오는 것처럼 손목이
시큰거렸다. 딸의 전화를 끊은 뒤로 손마디가 묵직하고 손목이 욱
신거렸다. 그러고 보니 딸을 낳은 달이었다.

딸을 낳은 건 초복 무렵이었다. 세살 된 아들은 덥다며 보채고
놀아달라며 매달렸다. 몸조리를 한다고 선풍기도 틀지 못해 집 안
은 열기로 후끈거렸다. 세 사람의 땀 냄새와 갓난애가 토한 젖 냄
새가 공기 중에 떠다녔다. 딸의 얼굴에는 신생아 열꽃이, 아들의 목
덜미에는 침독이, 기저귀를 찬 사타구니에는 땀띠가 붉게 피었다.
목을 벅벅 긁어대는 아들을 달래기 위해 수시로 냉장고 문을 열
고 찬물과 빙과류를 꺼내주어야 했다. 그러지 않으면 돌림노래처
럼 이어지는 울음을 멈출 수 없었다. 한쪽 팔로 버둥거리는 아들을,
다른 팔로 칭얼대는 딸을 안을 때도 있었다. 손으로 짚고 일어섰고
짐승처럼 네발로 움직였고 툭하면 무릎으로 걸어다녔다.

그때 엄마는 첫 아이를 낳은 여동생에게 가 있었다. 그애는 첫
출산이었으니 엄마가 몸조리를 도와주는 게 당연한데도 두 아이
와 부대낄 때마다 비극적인 타이밍에 부아가 치밀었다. 그 힘듦과
지침은 명백히 육체적인 것이었으나 서서히 감정을 지배해버렸다.
혼자 고생을 하고 손목과 무릎이 아픈 게 엄마가 돌보아주지 않아
서인 것 같았다.

한번 들르겠다던 엄마가 집에 온 건 딸을 낳고 한달이 지난 뒤였

다. 엄마는 먹고 싶은 게 있냐고 묻다가 내가 냉장고 문을 여닫는 걸 보고 손사래 쳤다.

"얘가 미쳤나. 늙어서 얼마나 고생을 하려고 그래."

나는 그 말을 기다렸던 것처럼 소리를 빽 질렀다.

"더운데 냉장고 문을 안 열고 어떻게 살아. 지금 내 몸이 문제야? 애가 계속 찡찡거리는데."

집 안은 푹푹 찌고 목덜미에는 땀이 고이고 두 아이는 교대로 먹고 싸고 울어댔다. 그 끈적거리는 울음을 달랠 수만 있다면 냉장고라도 들어올릴 수 있을 것 같았다. 큰소리가 오가자 애들은 눈치를 살피다가 울음을 터뜨렸다. 방 안의 온도와 습도는 더 올라갔고 울음소리는 잦아들 기미가 없고 마음은 단단히 틀어졌다. 나는 입을 꾹 다문 채 옆방에 가서 드러누워버렸다.

한참 자고 일어났더니 주위가 조용했다. 두 아이는 안방에 잠들어 있고 집 안이 말끔하게 정돈돼 있었다. 엄마는 욕실에 산더미같이 쌓아놓은 기저귀와 가재수건을 빨아서 널어놓고 미역국을 한솥 끓여놓은 뒤 돌아갔다. 화장대에 놓인 흰 봉투에는 출산을 축하한다. 엄마가,라고 적혀 있었다. 나는 그 삐뚤거리는 글씨를 멍하게 쳐다보았다. 엄마가 그런 걸 적어준 건 처음이었다. 봉투를 손에 쥔 채로 잠든 아들과 딸을 내려다봤다. 젖이 불어 가슴이 뻐근했다. 입을 오물거리는 딸을 안고 젖을 물리는데 수십개의 바늘이 동시에 찌르는 것처럼 손목 안쪽이 찌릿했다. 팔로 안은 게 자식이 아니었다면, 설령 금덩이였다 해도 내팽개쳐버리고 싶었다. 아이에게 젖

을 먹인 뒤 혼자 끙끙거리며 양쪽 손목에 파스를 붙였다. 그게 산
후풍임을 알게 된 건 더이상 아들이나 딸을 안지 않아도 될 만큼
시간이 흐른 뒤였다. 그뒤로 고통은 손목이 시큰거리는 것으로부
터 시작되었다.

서울을 벗어나자 도로는 한산했다. 한정식 집에서 요양원까지
내비게이션이 알려주는 도착 시간은 38분 뒤였다. 오랜만의 운전
인데다 마음이 급해 몇번이나 급발진을 하고 급브레이크를 밟았
다. 다행히 뒷자리에 앉은 엄마는 꾸벅꾸벅 졸았다. 핸들을 꼭 쥔
탓에 손목이 뻐근했다. 차창 밖으로 보이는 하늘은 푸르고, 공중에
뜬 구름은 희고 풍성했다. 요양원에 들어가기에는 아깝고 목적지
를 정해두지 않고 드라이브하기에는 좋은 날씨였다. 아이를 낳고
몸을 풀기에는 덥겠지만, 태어난 아이가 이곳에 적응하기에는 따
뜻할 것 같았다.

석달 전쯤 갑자기 엄마가 없어졌다는 올케의 전화를 받았다. 자
신은 점심을 준비하던 중이었고 엄마는 소파에 앉아 텔레비전을
보고 있었다고 했다. 잠깐 화장실에 들어갔다 나온 사이에 사라졌
다며 올케는 억울해했다.

현관문이 열려 있는 걸 확인하고 1층으로 내려갔지만 아파트 단
지를 다 돌아다닌 뒤에도 찾지 못했다. 경비실에 신고하고 오빠에
게 전화한 뒤 정신없이 뛰어다니는데 경비원이 신발을 한켤레 들
고 왔다. 이게 화단에 떨어져 있던데 이 댁 할머니 것이 맞느냐고

물었다. 흔한 모델이긴 하지만 동생이 엄마 생일에 사다드린 효도 신발이 맞는 것 같았다. 한짝은 공동 현관문 근처에 떨어져 있었고 다른 한짝은 화단에서 주웠다고 했다. 엄마가 없어진 건 처음이지만 창밖으로 신발을 던진 건 처음이 아니었다. 한달 전에도 엄마는 동생네 집에 가겠다고 15층 아파트의 창문을 열고 밖으로 신발을 던졌다.

올케의 전화를 끊자마자 오빠의 전화가 걸려왔다. 나는 빌딩 계단 청소를 하던 중이었다. 계단의 중간쯤에서 허리를 펴고 이마의 땀을 닦는데 앞주머니에 넣어둔 휴대폰이 다시 울렸다. 혹시 엄마한테 연락 오면 무조건 집으로 오라고 해, 집을 못 찾겠으면, 거기 가만히 있으라고…… 그래야 우리가 찾을 수 있으니까. 여기저기 뛰어다녔는지 오빠는 숨을 헐떡거렸다. 나는 닦은 계단과 닦아야 할 계단의 경계에 서 있었다. 전화를 끊고 나니 손바닥이 땀 때문에 축축했다. 내 안의 물기와 상관없이 비상구의 텅 빈 계단은 서늘하고 냉정했다. 고요함이 깃든 계단참에서 잠시 숨을 골랐다. 하필이면 같이 일하는 사람이 한명 빠져서 일이 많이 밀린 상태였다. 작업반장에게 사정을 얘기하고 빠져나오기까지의 과정은 수선스럽고 치사했다. 내일도 볼 사람이고 다시 와야 할 곳이라 나는 몇번이나 고개를 숙이며 사라진 엄마 탓을 했다.

택시를 타고 가는데 동생의 전화가 걸려왔다. 언니, 부르고 나서 동생은 한숨을 푹 내쉬었고 아직도 엄마를 못 찾았다고 한 다음에는 흐느꼈다. 우는 소리를 들으며 나는 이마와 목덜미에 밴 땀을 닦아냈다. 택시 운전기사가 틀어놓은 라디오에서는 청취자가 전화로 노래를 부르는 방송이 한창이었다. 구성진 트로트 가락이 흘러나오자 기사는 볼륨을 높였다. 휴대폰을 댄 귀 쪽으로 동생의 울음소리가, 다른 쪽 귀로 도전자의 갈고 닦은 노랫소리가 들려왔다. 신발을 창밖으로 던진 엄마는 동생네 집에 가기 위해 맨발로 거리 어딘가를 돌아다니고 있을 것이고 가족들은 흩어져 엄마를 찾아 헤매고 있을 터였다.

엄마가 좀 이상한 것 같다고, 아파트 동 호수와 버스 번호를 자꾸 잊어버린다고 동생이 얘기했던 건 1년 전쯤이었다. 그때는 아무도 심각하게 받아들이지 않았다. 같이 사는 오빠는 엄마한테 질려버렸다는 듯 고개를 흔들었다.

"야. 엄마가 다른 건 몰라도 기억력 하나는 끝내준다. 아직도 잔소리 짱짱하게 하는 거 봐라. 피곤해 죽겠다."

엄마는 우리 집과 동생네서도 지냈지만 주로 오빠네랑 같이 살았다. 그러면서도 오빠와 올케 앞에서 동생네서 지낼 때가 제일 편하고 좋다는 말을 입버릇처럼 했고 우리 집에 와서도 네 동생 하는 거 반만큼만 해봐라, 하며 불평을 늘어놓았다. 원래도 말이 많고 꼬장꼬장했지만 나이가 들면서 화가 더 늘었고 좋은 일을 두고도 단점을 찾아내 험담하는 걸로 존재감을 드러냈다. 엄마의 불평과 잔소리라면 다들 넌더리가 난 상태였다.

올케는 처음에는 서운해하다가 나중에는 그러려니 했다. 엄마는 오빠와 틀어지거나 기분이 상할 때마다 동생네 집에 가겠다고 고집을 부렸다. 보통 때는 가방을 꺼내는 정도에서 멈췄고 가끔은 짐을 챙긴 뒤 동생에게 전화해서 당장 데리러 오라고 했다. 하루나 이틀 정도 거기서 지내다가 다시 오빠네로 돌아오기를 반복했지만 동생네 막내가 대학 입시에 실패한 뒤로는 그런 고집도 통하지 않게 되었다. 뜻대로 되지 않자 엄마는 베란다 창문을 열고 고래고래 소리를 지르다가 밖으로 신발을 집어던졌다. 멀쩡한 문 놔두고 15층 창밖으로 나가겠다고 소리 지르는 엄마를 보면서도 오빠는 평소와 다르다거나 이상하다고 생각하지 않고 노인네가 고약을 떤다고만 여겼다. 나도 겁이 나기보다 엄마가 괴팍한 노인네가 돼가는 것 같아 속상했다. 아들과 딸도 외할머니가 오는 걸 달가워하지 않았다. 그래도 그때는 아무도 엄마가 맨발로 사라지리라고 생각하지 못했다.

오빠네 집에 도착해서 택시비를 계산하는데 동생의 전화가 걸려왔다. 엄마를 찾았다고, 버스 정류장 벤치에 앉아 있더라고 했다.

"거긴 몇번이나 가봤는데 없었거든."

뭔가에 홀린 것 같다고 말하는 동생의 목소리는 기운이 없었다. 현관문을 열고 들어가자 발바닥이 새까맣게 변한 엄마가 수정과를 먹고 있었다. 오늘 누구 생일이냐? 오랜만에 자식들이 다 모였다며 좋아했다.

근처에서 헤맨 탓에 도착 예정 시간은 자꾸 멀어졌다. 초행길인 데다 마음이 급해서 나는 한 블록 먼저 꺾거나 지나쳐버리는 식으로 내비게이션의 지시와 미묘하게 엇갈렸다. 엄마는 고개를 뒤로 젖힌 채 곤하게 잠들었다. 아무 대화 없이 가고 있는 게 아쉽기도 하고 다행스럽기도 했다. 한정식 집에서 접시를 엄마 앞으로 옮겨 주고 생선을 발라주면서도 마음이 수시로 갈라졌다. 아직 가진통 상태라 걱정 안하셔도 된다는 간호사의 얘기를 들었는데도 엄마의 행동이 굼떠지면 속으로 얼른, 빨리 하며 재촉했다. 딸에게 가도 옆에 앉아 있는 것밖에 할 일이 없다는 걸 아는데도 자식의 일 앞에서는 애간장이 녹아내리는 것 같았다.

요양원은 시가지에서 살짝 벗어난 산 아래 위치했다. 전체적인 규모가 아담하고 건물의 인상이 밝아서 외관만 보면 펜션 같았다. 주차장에 차를 대고 의자에 몸을 기댔다. 서울을 벗어나는 외출은 오랜만이었다. 청소도구를 든 채 빌딩을 오르내리다보면 세상은 계단과 화장실로 축소되고 할 일은 쓸고 닦는 것으로 한정되었다. 가끔 계단의 창으로 하늘을 보고 바람을 쐬면서 예전에 갔던 여행지나 책에서 보았던 장소들을 떠올렸다. 생활 반경에서 벗어나는 일은 머릿속에서나 가능했다.

한번 없어졌다가 찾은 뒤로 엄마의 상태는 급격히 나빠졌다. 이상한 얘기를 하거나 집 안을 이유 없이 배회하는 일이 늘어났다. 병원에서는 혼자 지내는 게 치매를 악화시키는 원인이라고 경고했지만 오빠는 가게 때문에 일찍 나갔다가 밤늦게 들어왔고 올케도 손자를 봐주러 다니면서 엄마가 혼자 있는 시간이 많아졌다. 동생은 부랴부랴 엄마를 자기 집으로 모셨다. 그애는 엄마의 까다로움이나 변덕을 잘 받아줬고 엄마도 우리 막내, 하며 편하게 의지했다. 삼남매 중에 제일 살가워서 같이 밥을 먹을 때면 생선을 발라 엄마의 밥에 올려주고 고기도 먹기 좋은 크기로 잘라주며 세심하게 챙겼다. 그에 비하면 나는 뭐 먹으러 갈까요? 뭐 드시고 싶어요? 묻는 게 다였다. 엄마는 "저년은 부대끼는 맛이 없다. 저러는데 누가 좋아하겠냐"는 말로 서운함을 표현했다. 그래서 속 얘기는 죄다 동생에게 하고 내 앞에서는 잔소리나 늘어놓고 말았다. 가끔은 그게 속상했고 돌아서면 미안했지만 대체로 편했다.

동생네 집으로 옮긴 뒤에도 엄마는 창문 밖으로 뛰어내리려고 했다. 동생네 집에 가고 싶다는 게 이유였다. 병원에서는 치매 3급 판정을 내렸고 삼남매는 엄마의 건강과 거처 문제 때문에 여러차례 만났다. 회의를 한답시고 모여서 엄마의 상태보다 지난 시절에 대한 얘기를 더 많이 나눴다. 그러는 동안 동생과 나, 오빠는 언성을 높이며 싸우기도 하고 서로에게 서운했던 일을 털어놓으며 원망도 하고 오해도 풀었다. 한번은 동생이, 그다음에는 오빠가, 나중에는 내가, 돌아가며 눈물 콧물을 쏟았다. 오랜 세월에 걸쳐 생긴 앙금을 걷어낸 뒤에야 엄마에 대해 얘기할 수 있었다.

누가 어디에서 엄마를 모실지,에 대한 얘기는 매번 요양원 문제에 부딪쳤다. 모두 요양원을 염두에 두고 있으면서 어떻게든 그쪽으로 가지 않으려고 열심히 다른 의견을 내놓았고 다시 원점으로 돌아왔다. 결국 누군가 하루 종일 엄마를 지키고 있어야 한다는 것과 창문을 열고 나가려는 걸 말릴 수 있느냐는 문제 때문에 집에서 모시기 힘들다는 쪽으로 의견이 모였다. 동생은 눈물을 보였지만 모두를 위해서 그러는 편이 낫지 않겠냐는 말에는 동의했다.

몇군데의 요양원을 알아보고 둘러본 다음 상담을 받은 건 여동생이었다. 그애는 일하는 나를 배려해서 자질구레하고 궂은일은 자신이 처리하고 결정적인 건 오빠에게 맡겼다. 나는 각자 분담하기로 한 돈만 보내고 다른 건 신경 쓰지 못했다. 그저 생각날 때마다 엄마가 요양원에서 입을 속옷과 실내복을 한가지씩 준비했다. 동생은 삼남매가 돈을 모아서 지불할 수 있는 범위에서 공기 좋고 시설이 깨끗한 곳을 찾아다녔다. 나는 일 때문에 가보지 못하고 그애가 찍어 보낸 사진만 보았다. 이런 데서 지내면 어떻겠느냐고 물었을 때 엄마가 유일하게 좋다고 한 곳이 여기라고 했다. 나는 입원 날짜에 맞춰 하루 휴가를 냈고 전남편에게 차까지 빌렸다. 요양원에 들어가는 날은 직접 모셔다드리고 싶었다. 같이 점심도 먹고 방 정리도 도울 테니 아무도 오지 말라고 일러두었다.

딸은 처음 통화했을 때보다 목소리가 차분했다. 아직 자궁 문이 열리지 않아 기다리는 중이라고 했다. 전화를 끊고 한숨 돌리자 뒷좌석에 잠들어 있던 엄마가 깼다.

요양원의 문을 열고 들어갔을 때 노인네들 특유의 냄새가 나지 않아서 안심이 되었다. 거실에서 느릿느릿 걸어 다니는 할머니들의 행색이 단정했다. 다행이라고 생각하면서도 엄마를 영영 여기 두고 가야 한다니 마음이 복잡해졌다. 엄마는 두리번거리더니 여기가 누구네 집이냐고 물었다. 큰애가 이사했냐? 결혼해서 자리를 잡은 거야? 나는 엄마의 손을 찾아 쥐고 이 집이 어떠냐고 물었다. 이런 데서 살면 어떻겠어요? 엄마는 좋다, 여기 좋네, 하며 둘러보았다.

요양사는 동생 또래의 여자였다. 엄마의 이름을 확인한 다음 요양원 안쪽으로 안내했다. 내부의 공간들을 설명해주고 엄마가 지낼 방으로 데려갔다. 엄마의 방은 커다란 거실을 중심으로 가운데에 위치했다. 방이 널찍하고 햇빛이 안쪽까지 고르게 들었다. 세명이 같이 쓰는데 벽 쪽으로 개인 침대와 옷장이 있었다. 새로운 요양자들이 주로 가운데 쪽 방을, 오래될수록 가장자리의 큰 방으로 옮겨간다고 했다. 침대에 앉아 있던 두명의 할머니가 나와 엄마를 주의 깊게 쳐다봤다. 반가움도 적의도 담지 않은 시선에 천천히 호기심이 어렸다. 옆에 꼭 붙어 있던 엄마는 방이나 가구, 주변의 사람들이 낯선지 손만 만지작거렸다. 나는 원래 이곳을 잘 알고 있던 것처럼 창문을 여닫고 엄마의 침대 시트를 만지고 트렁크를 열어 옷과 짐을 꺼냈다. 침대 옆의 탁자에 가족사진을 놓고 빈 트렁크를 옷장 옆에 세워두었다.

원래 계획은 엄마와 같이 요양원 주변을 산책하고 시간을 보내며 이곳에 적응할 수 있도록 도와주는 것이었다. 오빠와 동생에게 엄마와 오붓한 시간을 보낼 테니, 아무도 오지 말라고 큰소리쳐놓고 마음이 이곳저곳을 떠돌았다. 그사이 딸애의 전화는 한번 더 걸려왔다. 엄마, 출발했어? 언제 오는지 궁금해서. 괜찮다고 하면서도 그애의 목소리는 쥐어짜내는 것처럼 힘이 배어 있었다.

요양사가 엄마를 다른 할머니들에게 데려가서 소개했다.

"오늘부터 같이 지내게 된 임복희 할머니예요. 여기 할머니보다 는 언니고 여기 할머니보다는 동생이에요."

연장자 할머니가 주머니에서 사탕을 꺼내 건넸다.

"몇살이야? 아픈 데는 없어? 얘는 잘 때 코를 골아가지고 아주 골치 아파."

그러자 동생이라는 할머니가 자꾸 이상한 얘기를 하시네, 하면 서 고개를 저었다. 얌전히 앉아 있던 엄마가 코라면 나도 좀 골아 요, 하자 요양사와 동생 할머니가 소리내어 웃었다.

자는 걸 보고 가려고 했는데 차에서 눈을 붙인 엄마는 졸린 기색 이 없었다. 할머니들과 둘러앉아 간식을 먹으며 두런두런 얘기를 나눴다. 나는 창가의 의자에 앉아 한참 동안 그 모습을 쳐다보았다. 마음이 어수선한데 머리꼭지에 슬그머니 졸음이 내려앉았다. 눈이 감길 때쯤 요양사가 가셔도 될 것 같다고 손짓했다.

문 앞에서 인사를 나누는데 엄마가 나를 보며 갑자기 엄마, 하고 불렀다. 내가 누군지 못 알아본 적은 있어도 엄마라고 부른 건 처 음이었다. 대꾸도 못하고 멍하게 서 있자 엄마, 빨리 와야 돼, 하며 내 팔을 잡았다. 나는 엄마를 끌어안고 등을 두드리며 또 올게요. 자주 올게, 했다. 배웅 나온 요양사가 할머니 블라우스 참 곱네. 파 마도 예쁘게 잘 나왔고. 우리 노래 부르러 갑시다, 하며 엄마에게 손을 내밀었다. 엄마는 내 팔을 잡은 손에 힘을 꾹 주었다. 요양사 의 손을 잡고 안으로 들어가기까지 시간이 좀 걸렸다. 그 뒷모습을 보며 엘리베이터의 버튼을 눌렀다.

병원에 도착하니 딸의 진통은 이미 시작되어 있었다. 자궁 문은 열렸는데 아기가 내려오지 않아 고생이 심했다. 딸이 몸을 비틀며 신음할 때마다 병실 밖의 세상은 다 사라지고 그애가 겪는 고통과 뱃속의 아기만 보였다. 아기가 얼른 밑으로 내려오는 것 외에는 바라는 게 없었다. 그러다 딸의 고통이 잦아들고 까무룩 잠이 들면 그 틈으로 두고 온 엄마 생각이 났다.

엄마는 낯선 곳에서 잘 지내고 있을까. 그 상황을 어떻게 받아들일까. 버려졌다고 생각하지 않기를 간절히 바랐다. 이제 뉴스나 시사 프로그램에 요양원 얘기가 나오면 예전과 다른 입장, 시선에서 볼 수밖에 없겠지. 어쩔 수 없이 의심하고 그러면서도 부탁하고 당부하고 지속적으로 자책하며 살아야 할 것이다. 그렇다고 요양원 이전의 생활로 돌아갈 수도 없다. 스스로와 다른 가족에게 시간이 흐르면 괜찮아질 거라고 위로하며 지나가는 수밖에 다른 방도가 없다. 요양원을 알아보고 정하는 일에도 준비와 상의가 필요했지만 엄마를 맡기고 돌아와서 사는 일에는 더 많은 각오가 있어야 할 것 같았다. 나는 엄마와 딸 사이에 선 채로 안절부절 못했다.

양수는 터졌는데 아기가 내려오지 않아 딸은 결국 수술을 하기로 했다. 간호사가 와서 수액을 놓고 아랫도리의 털을 밀고 가자 딸은 울먹거렸다. 땀으로 젖은 이마와 목덜미에 머리카락이 엉겨 붙었다.

"수술은 생각해본 적도 없는데……"

"괜찮아. 상황에 맞게 하면 되는 거야. 요즘 산모들 세명 중 한명은 수술해서 낳는대."

나는 딸의 손을 잡은 채 이마를 쓸어 넘겼다. 뉴스에서 주워들은 말로 위로했지만 딸은 속상함을 감추지 못했다.

딸이 수술실에 들어간 다음 요양원에 전화를 걸었다.

"아까 낮에 들어가신 임복희 할머니 보호자예요."

이름을 말하자 요양사가 오늘 들어오신 분이요? 하고 물었다. 전화를 바꿔 받은 담당 요양사가 방금 잠이 들었다고 말해주었다. 그 사이 어떻게 지냈냐고 묻자, 잘 지냈다고, 적응하고 익숙해지면 더 좋아질 거라고 했다. 잘 부탁드린다는 말밖엔 할 말이 없었다. 무슨 일이 생기면 전화 달라고, 자주 면회 가겠다고 전해달라고 한 뒤 전화를 끊었다.

딸을 기다리며 의자에 앉아 책을 펼쳤지만 한 문장도 제대로 읽지 못했다. 안경을 쓰고 책을 들여다보면 전남편은 꼴 같지 않은 짓을 한다며 비아냥거렸고, 애들은 아빠가 싫어하는데 기를 쓰고 보는 이유가 뭐냐고 투덜거렸다. 엄마 사춘기야? 반항하게? 가끔 집에 들를 때마다 엄마는 팔자가 늘어졌다면서 그 나이에 책은 봐서 뭐 할 거냐고 타박했다. 책을 보려면 가족들이 잠든 새벽에 식탁에 나와 미등을 켜야 했다. 똑똑해지고 싶어서도 반항의 의미도 아니었다. 책을 읽는 동안에만 잘못 살아왔고 잘못 살고 있다는 자책에서 벗어날 수 있었다. 책 속의 인물만이 현실의 나를 소리 없이 다독거렸다. 여기 너와 같은 사람이 있어. 이게 나의 실패고 진짜 얼굴이야. 그런 대화를 나누는 게 내가 책을 읽는 이유였다. 이혼한 뒤에는 가방 안에 책과 돋보기를 챙겨 다녔고 탁자 위나 침대 옆, 아무 데나 읽던 책을 놓아두었다.

딸이 이동식 침대에 실려 나온 건 한시간쯤 지나서였다. 안경을 벗어 책 사이에 끼어두고 딸이 침대에 눕는 걸 도왔다. 딸은 마취가 완전히 깨지 않아 눈을 뜨지 못했고 가끔 신음소리를 냈다. 숨소리가 규칙적으로 변할 때까지 기다렸다가 신생아실에 내려가봤다. 싸개 속에서 눈을 질끈 감은 아기는 입을 몇번 오물거렸다. 유리벽에 붙어서 아가, 하고 불러봤다. 저 작고 붉은 생명이 나와 이토록 깊이 닿아 있다는 게 믿어지지 않았다. 아가,라고 불렀을 뿐인데 그 이름은 부르고 싶은 모든 이름을 데려왔다. 간호사가 아기의 손가락 발가락을 보여준 뒤 다시 플라스틱 침대에 눕혔다. 꼭 쥔 다섯개의 손가락을 보자 요양원에서 내 팔을 꼭 붙들던 엄마의 손가락이 생각났다. 그 손가락을 하나씩 천천히 떼어낸 뒤에야 요양원 밖으로 나올 수 있었다. 운전석에 앉아 핸들을 잡은 뒤에도 나를 엄마,라고 부르던 목소리와 얼굴이 떠올랐다. 한참 운 뒤에야 안전띠를 매고 시동을 걸었다.

아들에게 전화를 걸어 딸의 출산 소식을 전했다. 미혼인 아들은 벌써? 하고 물었다가 사정을 듣고는 내일 병원으로 갈게요, 했다. 지금 바쁘니까 전화를 끊자는 것이었다. 그애가 내 몸을 잡아 돌려 통화 밖으로 밀어내는 게 느껴졌다. 아들의 얼굴을 못 본 지 두달이나 되었다. 잘 지내니?라고 말을 건네자 내일 볼 건데, 그때 얘기해요, 하며 말을 닫았다. 또래들보다 일찍 유치원에 다녔던 아들은 집 앞에서, 유치원의 문 앞에서 툭하면 몸을 뒤로 뺐다. 안아달라고 손을 뻗었고 바닥에 주저앉기도 했다.

"엄마. 집에 있을래. 가기 싫단 말이야."

칭얼거릴 때마다 나는 아들의 몸을 돌려세워 현관문 밖으로, 유치원 쪽으로 밀었다. 그리고 포대기로 업은 딸의 엉덩이를 추켜올렸다. 현관까지 나온 선생님이 오늘 멋있는 옷 입었네, 안에서 친구들이 기다려, 우리 지금 노래 부르는데 얼른 들어가자, 하며 아들의 손을 잡아끌었다. 그러면 대체로 선생님을 따라 들어갔지만 가끔은 울먹거리면서 내 팔에 매달렸다.

"엄마. 보고 싶으면 어떻게 해?"

나는 이따가 볼 거야. 조금만 참아, 하며 내 몸에 붙은 아들의 손가락을 하나씩 떼어냈다. 설거지, 빨래, 청소, 돌아가서 해야 할 일이 수두룩했다. 아들. 불러놓고 아무 말도 하지 않자 아들이 내일 간다니까요, 하고 전화를 끊었다.

무통주사를 맞았는데도 수술 부위가 아픈지 딸은 끙끙거렸다. 아프냐고 물으면 괜찮다고 대답했지만 숨소리는 거칠었다. 진통은 진통대로 하고 수술까지 받아서 얼굴이며 손발이 퉁퉁 부었다. 수술은 안해봐서 모르지만 하고 난 뒤에 더 힘들다는 얘기를 들어 걱정이 됐다.

"간호사 부를까?"

"괜찮아. 엄마…… 나 수술실 들어갔을 때 무슨 생각했는지 알아? 우리 딸도 나중에 아기를 낳겠구나. 아프겠구나. 그게 너무 슬프더라."

"뭐 벌써부터 그런 걱정을 해."

"내 친구는 아들 낳자마자 군대에 어떻게 보내나 싶어서 눈물이 나더래."

딸은 다시 얼굴을 찡그렸다. 해줄 수 있는 게 없어서 입이 말랐다.

"엄마는 어떻게 애를 둘이나 낳았어? 이렇게 힘든데."

나 역시 엄마를 보며 그런 생각을 하던 때가 있었다. 애 셋을 데리고 혼자 어떻게 살았을까. 이제 엄마는 지난 일의 고단함을 다 잊었을까. 아니면 현재가 희미해지니 과거의 장면들이 더 또렷이 떠오를까.

환갑쯤 되고 보니 지난 세월을 돌이켜보면 그저 그때 힘들었지, 라는 전체적인 인상만 남아 있을 뿐 세세한 내용은 흐릿해졌다. 이 일과 저 일의 경중, 아픔과 후회가 뒤섞여 구별이 어려워졌고 몇개의 장면, 몇마디의 말, 표정만이 남았다.

임신과 출산을 통과하는 동안 남편과의 결혼생활이 내가 바라던 삶과 방향이나 목적지, 경유지와 창밖으로 보이는 풍경마저 완전히 다르다는 걸 깨달았다. 나는 반대편으로 달려가는 열차에 올라탄 것이었다. 잘못됐음을 깨달았을 때는 돌이키기 힘든 상태였다. 승차권의 교환이나 환불 시기는 지나버렸고 되돌아갈 차편도 없었다. 출발지는 사라져버린 지면, 지역이 되어버렸다. 이상한 방향으로 실려가고 있고 더 가면 안된다는 자각 속에서 아들을 낳아 키웠다. 아이의 얼굴에 살이 오르고 움직임이 활발해지는 동안 우울감은 걷잡을 수 없이 깊어졌다. 이러다가 장을 보러 가는 길에 달리는 차에 뛰어들거나 쥐약을 모아서 삼킬 수도 있겠다는 생각이 들었다.

이혼을 결심하는 것도 쉽지 않았는데 겨우 열차에서 내려 다른 노선으로 바꿔 타려는 순간 딸을 임신했다는 사실을 알게 되었다. 맞은편에서 열차가 들어온다고 불을 깜박이고 벨을 울리며 신호를 보내는 것 같았다. 선택지는 몇개 없고 어느 방향으로 가도 누군가는 불행해질 수밖에 없었다. 나는 베란다 창문 앞에 서서 거실과 창문 아래를 번갈아 쳐다보았다. 창문 밖에는 새로운 바람이 불었고 거기에 몸을 던지면 모든 고민이 바닥에 부딪쳐 깨질 것만 같았다. 더이상 갈등과 자책에 시달리지 않아도 된다는 점이 마음에 들었다. 숨을 크게 들이마셨을 때 거실의 얇은 요 위에 누워 있던 아들이 인상을 쓰며 낑낑거리다가 생애 첫 뒤집기에 성공했다. 목에 힘을 준 아들은 기분이 좋은지 창문 앞에 서 있는 나를 보며 벙싯거렸다. 맑은 침이 흘러내려 턱과 턱받이를 적셨다. 그 연약하고 보드랍고 활력으로 가득 찬 생명체를 보며 나는 눈을 질끈 감았으나 가위에 눌린 것처럼 꼼짝도 할 수 없었다. 옹알이 소리에 눈을 뜨자 아들은 침 범벅이 된 채 나를 향해 팔을 뻗었다. 침을 줄줄 흘리는 아이를 어쩌지 못하고 끌어안았다. 그렇게 불행을 옆구리의 혹처럼 매단 채 연년생 남매의 엄마가 되었다. 열차가 삶의 한 시기를 지나 간이역에 멈춰 설 때, 내리지 못한 채 네모난 칸에 실려 덜

컹거리는 여정을 이어갈 때마다 반대편의 삶과 새로운 바람이 불던 창 밖에 대해 생각했다.

두 아이 다 유치원에 다닐 정도로 크면, 학교만 들어가면, 초등학교만 졸업하면, 사춘기만 지나면, 대학만 합격하면, 취직해서 밥벌이만 하면. 그렇게 몇년만 더, 조금만 더 하면서 이혼을 미뤘다. 엄마 없는 아이들 만들고 싶지 않아서, 참고 산 세월이 아까워서 단단해진 혹을 끌어안은 채 끙끙거리며 버텼다.

아들의 초등학교 친구 엄마들과 독서모임을 하면서 책을 읽기 시작했다. 장르나 기호와 상관없이 매주 읽어야 할 책을 붙잡고 모임에서 이야기를 나누면서 하루하루 살았다. 그러다 돌아보면 두 아이가 훌쩍 커 있었다. 쑥쑥 자라는 애들을 보면 신기하게도 지난 시간이, 부대끼며 살았던 날들의 기억이 희미해졌다. 심지어 더듬어보는 게 황홀할 때도 있었다. 대략의 줄거리는 머릿속에 남아 있지만 책장을 덮어버려 문장이나 대사가 기억나지 않는 책 같았다. 신이 인간에게 준 가장 큰 선물이 망각이라는 말을 실감했다.

마음의 결단을 실행에 옮긴 건 딸아이를 결혼시킨 뒤였다. 이혼 얘기를 꺼내자 남편은 못 알아들었다는 듯 빤히 쳐다봤고 다시 한번 힘주어 또박또박 말하자 뺨을 때릴 것처럼 손을 번쩍 들었다가 내렸다. 각오가 돼 있었으므로 맞는 것쯤은 두렵지 않았다. 남편은 직장을 그만두고 힘도 없어지니 자신이 우습냐며 고래고래 소리를 지르다가 식탁 위의 꽃병을 내 쪽으로 집어던졌다. 나는 눈도 깜박이지 않은 채 그대로 서 있었다. 같이 사는 동안 부렸던 행패에 비하면 그쯤은 신사적이었다. 달려들어 머리끄덩이를 잡고 얼굴을 후려치지 않는 게 의아했다. 유리조각을 치우다 파편을 밟아 발바닥에서 피가 나오자 도리어 속이 후련했다. 그는 이제 남편이 아니라 전남편이고 내 삶에 어떤 문장도 보탤 수 없게 되었다.

원룸을 계약한 뒤 텅 빈 공간을 둘러보던 순간을 잊을 수 없다. 안도의 한숨이 천천히 흘러나왔다. 몇십년 만에 처음 느끼는 홀가분함이었다. 혼자가 되었고 혼자 살아갈 거라는 사실 때문에 가슴이 뛰었다. 딸은 독립선물로 탁자와 의자를, 아들은 침대와 가습기를 보냈다. 원룸에 살아 있는 건 아무것도 들여놓지 않았다. 집 근처의 화원과 동물병원을 지날 때마다 걸음을 멈춘 채 들여다보았지만 문을 열고 들어가지는 않았다. 돌보고 키우는 일은 그만 하고 싶었다. 창가에는 화분 대신 가습기를 놓았다. 작은 생수통을 꽂아 사용하는 모델인데 작고 우묵해서 생김새가 밥그릇 같았다. 물이 잘 내려올 때는 버튼의 불빛이 노란색이다가, 급수가 원활하지 않거나 물이 없으면 붉은 빛으로 깜박거렸다. 점등 속도는 처음엔 느리다가 그다음엔 좀더 빨라졌고 시간이 지나면 경고하듯 붉은 빛을 계속 쏘았다. 원룸 안에 숨쉬거나 움직이는 게 없어서 가끔은 계속 물을 뿜어내거나 상황에 따라 불빛을 바꾸는 가습기가 생명체처럼 느껴졌다. 책을 읽다가 잠시 쉴 때, 밥을 먹고 난 뒤 잠이 오지 않을 때 탁자 위의 가습기를 쳐다보는 버릇이 생겼다.

이혼 뒤 제일 먼저 시작한 건 일과 독서 프로그램 수강이었다. 이혼 요구에 화가 난 남편이 원룸의 보증금 외에는 아무것도 내놓지 않아 돈을 벌지 않으면 살 길이 막막했다. 나이와 상황을 고려했을 때 할 수 있는 일이라곤 건물 청소뿐이었다. 그마저도 구하기가 쉽지 않아 몇군데의 소개소를 거쳐야 했다. 새벽부터 오전까지 사무실과 계단, 화장실을 쓸고 닦고 오후에 쓰레기통을 다시 비워놓은 뒤 퇴근했다. 집에 오면 손목이 시큰거려서 한동안 침대에 누워 있었다. 자기 전에 양쪽 손목과 무릎에 파스를 붙여두어야 다음날 다시 일하러 나갈 수 있었다. 관절염을 앓으면서 청소 일을 하는 게 힘들었지만 기계적으로 바닥을 쓸고 닦고 휴지를 갈아 끼우고 얼룩을 남기지 않으면서 직원들의 눈에 띄지 않게 움직이는 일에 점차 익숙해졌다. 비참하다거나 고단하다는 감정은 휴지통처럼 가득 찼다가 비워지는 것이라 마음에 쌓이지 않았다. 다만 언제까지 손목과 무릎을 쓸 수 있을지 몰라 두려웠다.

일이 조금 익숙해진 뒤에는 토요일마다 문화센터에 나가서 세계명작읽기 강좌를 들었다. 읽고 싶은 책을 샀고 눈치 보거나 방해받지 않고 아무 때나 펼쳐서 읽었다. 뜨거운 차를 마시며 책을 더듬더듬 읽다가 좋은 문장을 만나면 밑줄을 그었다. 그럴 때면 찰나지만 이 생활이 충분하고 완벽에 가깝다는 기분이 들었다. 책을 읽으며 나는 줄거리만 남은 삶에 대해 생각했다. 배경이 지워지고 관계와 상황이 사라지고 묘사와 대사가 없어져 마침내 몇줄로 요약되는 삶. 나이가 들수록 이력은 길어질지 몰라도 의미있는 문장은 사라졌다. 등장인물들의 이름은 희미해지거나 잊혔고 잊어버렸다. 주말 저녁에는 이따금 외로웠으나 그건 일종의 향수에 가까웠다.

인간은 누구나 외롭고 대부분의 인생이 그럴 거라고 생각하자 받아들이기 수월했다.

이혼할 거라고 말했을 때 여든두살의 엄마는 미쳤냐며 등짝을 후려쳤다. 다 늙어서 혼자 뭐 할 거냐고, 네가 복에 겨워서 정신이 나간 게 분명하다고. 지금까지 참았으면 그냥 살지, 앞으로 얼마나 더 살 거라고 그걸 때려치우냐고 야단이었다. 김서방이 바람을 피우니? 딴 살림을 차리니? 돈 잘 벌어, 집 번듯해. 그만하면 사람 괜찮지. 김서방이 당신 아들이라도 되는 것처럼 역성을 들었다. 우리집에서 지낼 때 엄마는 넓은 아파트가 마음에 든다고 했다. 큰사위는 돈 잘 벌어서 좋아. 남편은 엄마에게 따뜻한 말을 건네거나 같이 시간을 보내는 법이 없었다. 종종 무시하는 말을 했고 대놓고 하대했다. 그저 지갑을 열어 돈이나 꺼내주면 다 해결된다고 믿었다. 엄마는 그런 사위나 집안 분위기가 불편하면서도 돈과 넓은 아파트는 좋아했다. 하지만 나는 그런 것이 좋은 줄 모르고 살았다. 남편과의 결혼생활은 찌는 여름날 에어컨의 실외기 앞에 서 있는 것처럼 고역스러웠다. 에어컨이 크고 비싸고 성능이 좋을수록 실외기 앞은 더 가혹했다.

요양원을 계약하고 온 날 동생은 내가 사는 원룸에 들르겠다고 했다. 밖에서 보자고 해도 기어이 오겠다며 주소를 확인했다. 원룸을 얻었을 때 잠깐 와보고 처음이었다. 그애는 과일과 차가 든 쇼핑백을 들고 왔다. 의자가 하나뿐이라 나는 침대에 걸터앉고 그애에게 의자를 내줬다. 동생은 원룸 안을 휙 둘러보더니 탁자 위의 책꽂이를 오래 훑어봤다.

"지내는 건 어때?"

외롭지 않으냐는 말에 나는 홀가분하다고 했다. 동생은 엄마가 저렇게 되고 나니 의욕도 없고 사는 게 허무하다고 했다.

"세상에서 제일 무서운 게 치매 같아. 몸이 아프면 수술이라도 하지. 엄마는 완전히 다른 사람이 됐잖아."

동생은 엄마가 예전처럼 화를 내거나 잔소리하지 않는 걸 슬퍼했다. 전화해서 오빠와 올케 욕을 하고 맞장구치지 않으면 화를 내며 끊어버리던 엄마. 모처럼 쉬는 날 좋은 음식점에 데려가면 여기는 이게 마음에 안 들고 저 종업원은 너무 불친절하고 이건 입에 맞는데 양이 적어서 다시 올 곳은 아니라고 하던 엄마. 동생은 엄마의 그 쌩쌩하던 모습이 그립다고 했다. 이제 엄마는 남을 욕하지 않고 괜한 말로 애먹이지도 않았다. 좋거나 맛있냐고 물어보면 순하게 고개만 끄덕거렸다. 아이처럼 낯을 가리고 무서움을 타고 웃음이 많아졌다. 동생이 느끼는 상실감이 이해됐다. 엄마의 본성이 사라져 껍데기만 남은 듯한 기분이 들 것이다. 나 역시 엄마가 변했는지 엄마 안에 숨어 있던 부분이 나온 건지, 어떤 게 진짜 엄마에 가까운지 헷갈렸다. 예전으로 돌아갈 수 있다면 이제는 사라져버린 괴팍한 엄마에게 좀더 다정히 대해주고 싶었다. 망각 때문에 살 수 있었지만, 나 역시 무엇이 남고 무엇이 자취를 감출지 알 수 없다는 점이 두려웠다. 동생은 의자에 앉아 한참 울다가 돌아갔다.

엄마를 요양원에 보내기 전에 다 같이 가족여행이라도 갈까 했지만 시간을 맞추기가 어려워 모여서 저녁을 먹기로 했다. 엄마부터 오빠 내외와 동생 내외, 미혼인 조카들과 결혼한 조카의 아이들까지 모이니 꽤 북적거렸다. 어딘가 조금씩 닮은 사람들이 모여 앉아 웃고 떠드는 모습이 정답고도 기이했다. 딸은 출산이 얼마 남지 않아 배가 많이 나왔고 미혼인 아들은 야근 때문에 얼굴이 꺼칠했다. 손녀의 재롱에 박수를 치던 엄마가 아들을 보더니 갑자기 "반가워요" 하며 고개를 숙여 인사했다. 음식을 먹던 가족들의 표정이 미묘하게 굳었다. 아들이 당황해서 할머니, 하고 부르자 엄마가 손을 잡으며 "근데 몇살이야? 참 훤하게 생겼네" 하며 웃었다. 옆에 앉아 있던 동생이 "언니 아들이잖아요" 하며 손등을 쓰다듬었다. 그러자 엄마는 기억난다는 듯 "아 그래? 너무 커서 못 알아봤네…… 어쩌면 이렇게 잘 컸어. 학생이야? 공부는 잘하고?" 했다. 그러자 아들이 "졸업했어요, 취직해서 돈도 벌어요" 했다. 엄마가 "잘했네, 잘했어" 하며 손뼉을 쳤다.

저녁을 먹는 동안 엄마는 자주 웃었다. 딸과 조카가 휴대폰으로 가족들의 사진을 찍었다. 사진 속 엄마는 전부 웃는 얼굴이었다. 엄마가 이렇게 웃을 줄 아는 사람이었나, 웃는 얼굴이 이랬나 싶어서 딸이 보낸 사진을 한참 들여다봤다. 동생 말대로 엄마는 완전히 다른 사람이 되었다. 어떤 일에 대해서는 까맣게 잊었고 얼굴을 자주 못 알아봤고 엉뚱한 얘기를 해서 사람들을 당황시켰다. 표정이 변했고 말투가 달라졌고 웃음이 늘었다. 손을 잡고 쓰다듬고 포옹하는 걸 좋아하게 됐다.

요양원에 가기 전날 엄마에게 들러 내일 나랑 같이 맛있는 것 먹으러 가자고 했다.

"좋지. 오늘 파마도 잘 나왔는데."

엄마는 내 어깨에 묻은 흰 머리카락을 떼어냈다.

"이렇게 예쁜데 왜 혼자 살아. 좋은 사람 있으면 결혼해."

엄마에게 예쁘다는 말을 들은 건 처음이었다. 어릴 때 누가 인사 말로 예쁘다고 하면 엄마는 정색을 하며 아이고, 저 나이에 저만큼 안 예쁜 애가 어디 있어요?라며 칭찬을 털어냈다. 내 손을 잡은 엄마가 뭐 한다고 손이 이렇게 상했어, 여자는 손이 고와야지, 했다. 우리는 손을 잡은 채 한동안 가만히 있었다. 엄마가 결혼할 거지? 라고 물어서 좋은 사람 있으면 할게요,라고 대답했다. 엄마가 웃으며 고개를 끄덕거렸다.

간호사가 아기를 데려오자 딸은 침대의 등받이를 세워달라고 했다. 어머 눈 떴네, 신기해하면서도 아기를 만지지 못하고 쳐다보기만 했다. 간호사가 아기를 건네자 딸이 조심스레 받아 안았다. 아기는 배가 고픈지 입을 오물거렸다. 간호사가 환자복 앞섶을 풀어주며 젖을 물려보라고 했다.

병실 밖으로 나오니 복도의 창 너머로 해가 뉘엿뉘엿 저물었다. 오빠와 동생에게 전화해서 엄마를 모셔다드리고 왔다고 말했다. 딸의 출산소식을 전하자 일이 겹쳤으면 얘기하지 그랬냐며 오빠와 동생은 각자의 성격대로 걱정하고 염려했다. 엄마는 좀 어떠셔? 두 사람의 질문은 거기에서 만났다. 오늘 엄마가 어땠던가. 나는 비로소 마음을 가라앉히며 하루를 돌아보았다. 입맛이 없었고 손에 땀이 자주 났다. 마음이 한곳에 머물러 있지 않고 여기에서 저기로 자꾸 달려갔다. 한 페이지밖에 되지 않지만 책에서 아주 중요한 부분이 지나간 것 같았다. 시간을 내어 찬찬히, 책장을 넘기며 다시 읽어봐야겠다고 생각했다. 엄마를 떠올리자 이상하게 웃는 얼굴만 생각났다. 그것 외에 다른 것은 희미했다. 엄마가 많이 웃었다고 하자 오빠와 동생은 모두 울먹거렸다.

나는 시큰거리는 팔목을 천천히 주물렀다. 한 장면만으로 기억되는 하루, 하나의 표정으로 남는 얼굴도 나쁘지 않구나 싶었다.

비로소 일어서는 사람들

강경석

서유미를 장편 작가로 기억하는 독자들도 적진 않을 것이다. 일간지나 문예지 공모를 통해 단편으로 데뷔한 뒤 한두권의 소설집을 내고 장편소설 집필로 넘어가는 것이 소설가들의 일반적인 활동 경로처럼 여겨지는 데 비해 그는 단박 두권의 장편소설로 전업 작가의 길에 뛰어든 경우이기 때문이다. 10년 남짓한 활동 가운데 네권의 길고 짧은 장편 단행본을 추가했지만 소설집은 2012년의 『당분간 인간』 한권뿐이니 그런 인상은 더 짙어졌을 수 있다.

그러나 여섯권의 장편을 내는 동안 그가 단편 작업에 소홀했던 것은 아니다. 이 자리에서 우리가 마주하고 있는 소설집 『모두가 헤어지는 하루』가 분명한 어조로 그것을 말해주고 있다. 직업 작가에게 일차적으로 필요한 자질이 '소설가적 체력'이라고 할 때, 그리고 '단명'하는 작가가 적지 않은 우리 문학 생태계를 감안할 때 작가 서유미가 장편과 단편에서 보여준 비교적 부침 없는 행보는 그 자체로 우리 문학의 든든한 자산이다.

아직까지 대학노트에 펜으로 초고를 쓴다는 이 소설 노동자의 열정이야 말할 나위 없지만 어디까지나 중심은 무엇을 어떻게 써나가고 있느냐에 있고 독자들의 관심사도 거기에 집중되기 마련이다. 첫 소설집 출간 이후 그의 단편 작업에 찾아온 변화를 살펴보는 일은 그래서 의미심장한데, 다른 한편으로 작가 서유미의 개인적 이력에 한정된 관심을 떠나 한국문학 전반에 찾아오기 시작한 모종의 전회(轉回)와도 맞물려 있는 것처럼 보인다.

일단 겉으로 드러난 변화는 크게 두가지다. 먼저는 소시민적 일상의 사실적 재현에 충실해지면서 알레고리적 접근에서 멀리 떨어져나왔다는 점이고 두번째로는 자기 세대에서 다른 세대로 소설적 시야가 확대되었다는 점이다. 왜 이런 변화가 찾아왔을까? 그리고 그것은 무엇을 의미하는 걸까? 이전 소설집 이야기로 잠시 돌아가 볼 필요가 있겠다.[1]

---

1 『당분간 인간』에 대한 언급은 격주간 〈기획회의〉(338호, 2013.2.20)에 실린 필자의 서평 「검고 음험한 수수께끼」의 일부를 맥락에 맞게 재구성했다.

알레고리와 현실

『당분간 인간』에 실린 여덟편의 단편을 관통하는 열쇠 중 하나는 미리 언급한 알레고리라고 할 수 있다. 폭설에 뒤덮인 도시에서 출근을 위해 삽질을 하다가 죽은 동료를 발견하고 주인공 자신도 죽음 속으로 서서히 파묻힌다는 「스노우맨」이 벌써 그렇지만 맹목적인 숫자놀음에 집착하던 수인(囚人)들이 감방 벽에 뚫린 구멍 속으로 들어가 결국 또 다른 감방에 도착하고 마는 「검은 문」 같은 작품은 간단한 줄거리 소개만으로도 작품이 알레고리 양식에 충실하다는 사실을 잘 보여준다.

하지만 그의 알레고리는 보편적 관념의 인도를 받기보다 구체적 생활세계의 중력에 훨씬 강하게 이끌리는 편이어서 비슷한 시기에 출간된 배수아의 『북쪽 거실』(문학과지성사 2009)과 편혜영의 『재와 빨강』(창비 2010) 같은 장편, 황정은의 「묘씨생」(『파씨의 입문』, 창비 2012)이나 김성중의 「허공의 아이들」(『개그맨』, 문학과지성사 2011) 같은 단편들과는 일정한 변별력을 갖춘 것이기도 했다. 첫 소설집의 수록작인 「검은 문」에는 이런 문장이 있다. "무서운 것은 등 뒤의 출구가 아니라 눈앞에 버티고 있는 생활이다."(215면) 서유미 소설세계의 핵심을 이보다 더 간명하게 요약할 수 있을까. 그의 주인공들은 대개 평범한 직업인이거나 구직자들이고 나름대로 자신의 생활 속 질곡을 타개하기 위해 열심이지만 뜻대로 풀리지 않는 인생들이다. 어떤 갈등도 생활세계의 범속한 장력 밖으로 초월하지 않는다. 그것은 대개 돈 문제이거나, 가족 문제, 직장 내 경쟁 등이기 때문이다. 그의 세속주의는 어쩌면 거의 체질적인 것인지도 모른다.

벤야민(W. Benjamin)의 관점을 따라 "알레고리는 예술이든 삶이든 신성화해서 견딜 만한 것으로 만드는 총체성 또는 유기적 전체로서의 모든 '주어진 질서'로부터 생겨나는 가상을 추방하는 기술"[2]이라는 데 동의한다면 그것은 『당분간 인간』의 출간 전후에 등장한 일시적 유행이 아니라 총체성에 대한 회의의 연장으로서 90년대 이래 한국문학에 널리 나타난 하나의 지속적 현상이었던 셈이다. 따라서 거기에 결부된 세속주의는 두가지 방향으로 나아가게 되는데 하나는 현실의 총체적 파악에 대한 회의의 일환으로서 속물세계를 파편적으로 묘사하는 세태소설의 길이고, 다른 하나는 알레고리를 비롯한 양식적 장치들만으로는 미처 달성되지 않는 '현실' 그 자체의 총체적 파악을 새롭게 시도하는 길이다. 질러 말하자면 『모두가 헤어지는 하루』는 전자에서 후자로 건너가는 중간 기착지라 할 만하다.

일상이라는 굴레

이번 소설집의 수록작들은 소시민 계층의 평균적 생활상과 의

---

2 강수미 『아이스테시스』, 글항아리 2011, 102면 참조.

식세계를 사실적으로 다루는 스타일상의 일관성에 더해 마치 느슨한 연작소설 같은 느낌을 주기도 하는데 이는 우선 생애주기에 따라 한편씩 고르게 안배한 듯한 전체 구성에 힘입고 있다. 취업준비생 자매의 이야기인 「에트르」와 가출 청소년의 성장담을 이야기의 밑변에 놓은 「개의 나날」을 거쳐 부부관계의 위기를 다룬 「휴가」와 「뒷모습의 발견」, 파경 이후 새 삶을 모색 중인 한 남자와 중년의 독신남을 마주 세운 「이후의 삶」으로 이어지는 『모두가 헤어지는 하루』는 노년기에 접어든 한 여성의 자립 과정을 그린 「변해가네」로 마무리되는데 이러한 생애주기 구성 — 발표순서와 무관하게 — 이 공연한 것일 리 없다. 따라서 『당분간 인간』과 『모두가 헤어지는 하루』 사이에는 현실의 전모를 조감하려는 모종의 작가적 회심이 개재해 있다고 볼 여지가 충분하다.

무엇보다도 이 소설집에는 소시민의 위기와 불안이라는 주제 차원의 일관성이 뚜렷하게 나타난다. (이 점은 첫 소설집과도 통한다.) 결혼과 출산, 양육과 교육, 실업과 가계부채, 노후 등 이들이 감당해야 할 문제는 한두가지가 아니다. 소설집의 아무 데서나 가려 뽑아도 이들을 둘러싼 평균적 현실은 크게 다르지 않다.

쩡의 직장 고민에 나는 월세 인상 문제를 털어놓았다. 하루에 가장 긴 시간을 보내는 물리적, 심리적 공간이 외부 환경에 쉽게 흔들린다는 게 사람을 얼마나 불안하게 하고 얼굴을 자주 구겨놓는지 잘 알았다. 자연스럽게 이 문제와 저 문제가 섞였다. 누가 고민의 주체인가는

의미없었다. (「에트르」 19면)

햇빛이 잘 드는 게 이 집의 가장 큰 장점이었다. 통장에서 대출이자가 빠져나갈 때마다 은호는 파도처럼 밀려드는 햇빛을 떠올렸다. 아내와 자신이 일하러 나간 수많은 평일의 정오와 오후에도 햇빛은 변함없이 거실에 모여들었다가 빈집에 오래 머문 뒤 썰물처럼 빠져나갔을 것이다. 빈집의 햇빛을 생각하면 뿌듯하면서도 쓸쓸해졌다. 그건 그들의 것이면서 그들의 삶과 상관없이 밀려왔다가 흘러나갔다. (「휴가」 68~69면)

이사하던 날 저녁에는 서로의 노고를 치하하며 손을 잡았고 파트너십과 애정이 충만한 포옹을 했다. 그 순간에는 원금과 이자라는 올무가 우리의 오른발과 왼발을 묶어 이인삼각의 주자로 만들었다는 사실을, 계약서에 도장을 찍은 순간부터 빚을 갚기 위한 인생이 시작됐다는 것을 잊었다. 시선을 다른 데로 돌렸고 안정과 행복을 향해 나아가고 있다고 믿기로 했다. (「이후의 삶」 145면)

최소한의 현상유지가 최대치의 이상을 대체한 듯한 이러한 일상에 문득 균열이 일어나면서 소설들은 다른 국면으로 건너가는데, 이는 부부가 가까스로 떠난 휴가에서 남편의 돌연한 실종이나(「뒷모습의 발견」) 미스터리한 인물인 상조 회사 남자의 등장과 느닷없는 퇴장(「이후의 삶」)으로 나타난다. 애써 억누르며 회피하고자 했던 위기의 진면목이 일상의 수면 위로 끝내 분출되고 나면 주인공들은 관성처럼 이전의 삶으로 돌아가길 원하지만 그들의 바람은 작품 속에서 끝내 성취되지 않는다. 그것은 작중 현실에서 가능하지도 않을뿐더러, 태생적 위기를 안으로 감춘 소설 속 사물화된 일상은 설령 되찾는다고 해도 그들에게 궁극적 승리를 안겨줄 리 없기에 애초부터 무의미한 것이기도 하다. 다시 말해 실종된 남편을 찾아내거나 사라진 상조 회사 남자를 다시 만난다고 해도 근본적으로 달라지는 것은 없다. 가령 「에트르」의 주인공들이 월세가 더 싼 집을 구한다 하더라도 그것은 위기의 극복이 아니라 일종의 유예일 뿐인 것과 같다.

세갈래로 나뉜 길

그렇지만 예의 균열을 대면한 뒤 주인공들이 최종적으로 취하는 태도에는 유형별로 뚜렷한 차이가 있다. 사실적 플롯의 완성보다 아이러니의 정서나 작가의 주관적 메시지가 더 부각된다는 측면에서 「뒷모습의 발견」 「휴가」와 같은 작품들에는 첫 소설집에서와 같은 알레고리의 흔적이 흐릿하게나마 남아 있다. 또한 어떤 속수무책의 사태가 불러일으키는 경악의 표정을 공통적으로 담고 있다는 점에서도 한 계열로 묶어볼 만하다. 돌이킬 수 없는 파국의 예감과 그것이 불러일으키는 무력감이 이들 작품을 감싸고 있는 기본 정서다. 따라서 독자들은 작품의 주인공들이 맞이하게 될 미래를 예측 불가능한 무언가로 간주할 수밖에 없는데 이 지점에서 예의 소시민적 위기와 불안은 한껏 팽창하지만 때로 그것은 「뒷모습의 발견」에서처럼 서사적 완결성을 일정하게 양보한 뒤에야 얻어지는 무엇이기도 하다.

그에 비해 「이후의 삶」과 「에트르」는 서유미의 소설세계에 찾아온 변화가 단순히 양식적 이동에만 머무는 것이 아님을 잘 보여주는 계열의 작품들이다. 여기서는 다양한 상상을 가능하게 하는 중의적 결말이 인상적인데 「에트르」의 '찌그러진 케이크'는 특히 흥미롭다.

> 케이크 상자를 다른 손으로 옮기려다가 손잡이를 놓쳤다. 민트색의 상자는 바닥에 떨어지며 옆으로 누워버렸다. 쩡과 나는 나지막이 탄식했다. 상자를 집어들면서 나는 그 안의 케이크가 얼마나 뭉개졌는지 생각하지 않으려고 애썼다. 버스를 타고 30분 정도 왔으니 집에 돌아가려면 한시간도 넘게 걸릴 것이다. 두어시간 후면 한해가 가고 한살을 더 먹는다는 게 믿어지지 않았다. 나는 케이크 상자를 품에 꼭 안았다. (30면)

이 대목은 흡사 『당분간 인간』에 수록된 「스노우맨」에서 눈사람의 미소를 흉내 내다 추위에 말라붙었던 주인공의 입술이 터지는 것과 같은 인상적인 결말을 떠올리게도 하는데, 그것은 아이러니

임에도 냉소를 동반하기보다 어떤 뭉근한 슬픔에서 비롯된 복합 감정을 불러일으킨다. 전체적 맥락에 비추어 「에트르」의 주인공이 맞이할 내일이 희망적이리라 예상하긴 쉽지 않지만 그렇다고 마냥 비관적이리라 단정하기도 어렵다. 집으로 돌아간들 그곳을 곧 떠나야 할 처지가 달라졌을 리 없고 자매가 새해를 기념해 함께 나누려던 케이크는 상자 안에서 찌그러져 있다. 하지만 그럼에도 주인공은 케이크 상자를 손에 드는 대신 단단히 품에 안고 거기에 무엇이 기다리고 있든 내일을 맞이하기 위해 집으로 돌아간다. 여기엔 삶을 대하는 경악의 표정 대신 고달프면 고달픈 대로 그것을 받아들이는 결연한 수락의 자세가 있고 파국 앞에서의 체념과 무력감 대신 뭉개져버린 희망을 재건 가능한 것으로 보이게 만드는 묘한 생기가 있다.

그런 점에서 과거의 삶에 단호한 결별을 선언하는 「이후의 삶」은 「에트르」에 비할 때 상당한 질감의 차이를 보이는 것이 사실이다. 이 작품은 일견 앞의 계열과 통하기도 한다. 하지만 비관과 낙관 어느 쪽으로도 완전히 기울지 않는 무정형의 미래에 열린 가능성을 던져둔다는 차원에서 두 작품을 함께 놓고 읽는 의의는 이미 충분하며 주인공이 자발적 행위자로 나타난다는 점에서도 마찬가지다.

앞의 두 계열보다 더 적극적인 독해를 요구하는 작품들은 「개의 나날」과 「변해가네」다. 앞에서 얘기한 것처럼 "무서운 것은 등 뒤의 출구가 아니라 눈앞에 버티고 있는 생활"이라는 발견이 그간 서유미의 소설세계를 지탱해온 핵심 축의 하나라면 이번 소설집에서 그것은 "나는 완전히 다르게 살고 싶다"(「개의 나날」 43면)로 변모했다고 보아도 좋다. 그런 의미에서 이 두 작품은 그 전형에 해당한다.

　스스로를 "거대한 식충이, 냄새나는 쓰레기"(40면)라고 말하는 「개의 나날」의 주인공은 새아버지가 될 뻔했던 한 사내의 유고 일기를 전해 받고 자신의 성장기를 반추한다. 물론 그것은 자신의 비참한 현재를 돌아보는 일이기도 하다. 성매매를 알선하는 '삐끼'로 연명하던 그는 사내가 남긴 일기의 마지막 장을 덮고 난 뒤 새 삶을 찾기로 결심한다. 자신의 과거를 다르게 읽을 수 있다면 미래도 얼마든지 선택할 수 있기 때문일 것이다. 자기 안의 힘을 발견하고 새로운 삶을 향해 스스로 일어서게 되는 계기가 읽기(기형도의 시와 누군가 남긴 일기) 행위였다는 것은 「변해가네」와 공통되는데 "돌보고 키우는 일"을 벗어나 자립을 이룬 주인공이 "눈치 보거나 방해받지 않고"(174~75면) 제일 먼저 시작한 일도 독서였다. 자신을 발견하고 자력을 기르는 상징적 행위로 책 읽기가 도입된 것은 작가의 자기 투사 같은 면이 없지 않지만 다른 한편으로 납득이 어렵지 않다. 외부에서 주어진 삶의 굴레를 벗고 어쨌든 그들은 미래의 페이지를 스스로 열어젖힌다.

　나는 비로소 마음을 가라앉히며 하루를 돌아보았다. (…) 한 페이지밖에 되지 않지만 책에서 아주 중요한 부분이 지나간 것 같았다. 시간을 내어 찬찬히, 책장을 넘기며 다시 읽어봐야겠다고 생각했다. 엄마를 떠올리자 이상하게 웃는 얼굴만 생각났다. 그것 외에 다른 것은 희미했다. (「변해가네」180면)

소시민 계층의 대변자

경악의 표정으로 마무리되는 「휴가」와 「뒷모습의 발견」을 왼쪽에 놓는다면 여태껏 그들을 속박하고 있던 타성적 현실에 눈을 뜨고 스스로 새로운 삶의 기획에 도달하는 「개의 나날」과 「변해가네」는 그 반대편인 오른쪽 끝에 놓을 수 있을 것이다. 당연히 양자의 성격을 복합적으로 지닌 「이후의 삶」과 「에트르」는 가운데 자리다. 생각하기에 따라 이 세가지 계열은 왼쪽에서 오른쪽으로 진화한 것처럼 여겨질지도 모르겠지만 발표 순서를 감안하면 그 진화가 선형적으로 조리정연하게 진행된 것이 아님을 알 수 있다. 그것은 일진일퇴를 거듭해온 우리 시대를 정확히 닮았다. 어쩌면 독자들의 서로 다른 관점과 기호에 따라 선호가 엇갈릴 수도 있겠다. 그러나 어떻게 보더라도 서유미가 우리 시대의 소시민을 대변하는 작가라는 사실은 달라지지 않으며 그들의 일진일퇴를 따라 동고동락해왔다는 사실도 변하지 않는다.

물론 이 소설집에서 가장 이색적인 소재를 취한 「개의 나날」의 주인공은 소시민 계층이라기보다 거기서 탈락한 빈곤층에 가깝다.

그러나 주인공의 출신이 우선 그렇거니와 새아버지가 될 뻔했던 체육 교사 '장'의 인도를 따라 자신의 현재를 벗어나기로 결심한다는 측면에서 소시민적 의식세계 바깥은 아직 아니라고 할 수 있다. 서유미의 소설에는 세습 빈곤층이 거의 등장하지 않는다는 사실도 첨언해둘 만하다.[3] 그는 소시민 계층의 위기와 불안 그리고 새로운 미래를 모색하기 위해 그것으로부터 자립하려는 존재들에게 비상한 애정을 지닌 작가다. 서유미 소설의 건강함도 거기에서 비롯되는데 가장 최근작이라 할 「에트르」의 한두마디로 규정하기 어려운 생기도 그와 무관하지 않을 것이다.

지난 10년여의 창작활동을 결산하고 새로운 10년을 향해 나아가는 중인 이 작가가 자신의 미래를 어떻게 열어갈지는 아직 정해지지 않았지만 지금까지와는 전혀 다른 길을 걷게 될 것이라는 예감이 뇌리를 떠나지 않는다. 무엇보다 "나는 완전히 다르게 살고 싶다"고 말하는 듯한 그의 주인공들이 그런 확신을 갖게 하거니와, 세대적으로 넓어진 그의 시야가 계층이나 계급적인 차원으로도 확장될 것만 같은 느낌을 지우기 어렵기 때문이다. 그를 따라 우리도 더 멀리 가볼 준비가 되어 있음은 물론이다.

姜敬錫 | 문학평론가

---

3 지배계층 또는 상층 계급도 등장하지 않는 편이지만 이는 서유미 소설에 국한되기보다 한국소설의 일반적 특징에 가깝다.

여기 실린 소설들과 함께 인생의 다른 구간으로 건너왔다.

이 이동의 어떤 면은 숨 가빴고 어떤 지점은 평화로웠다. 삶의 많은 부분이 달라졌지만 이전으로 돌아갈 수 없고 돌아가고 싶지 않다는 점만은 변함없다.

이번에는 세편의 소설을 덜어냈다. 여섯편을 읽고 고치는 동안 멀었다는 느낌과 뭉툭하다는 느낌 사이에서 고개를 여러번 파묻었다.

소설을 쓸 때나 쓰지 못할 때나 토요일은 한겨레문화센터의 603호에서 보냈다. 그곳에 모여 소설을 읽으며 감격하고 감탄하고, 울고 웃던 시간이 없었다면 지금의 나도 없을 것이다. 603호의 창

밖으로 보이던 풍경과 친구들에게 감사드린다.

책을 묶을 때마다 좋은 편집자를 만나는 복을 누리는데 이번에도 명민한 편집자와 제목, 표지에 관한 고민을 즐겁게 나누었다. 함께해준 이선엽 씨와 두루 애써주신 창비 편집부 분들께, 해설을 써주신 강경석 선생님과 추천사를 보내준 동료 정세랑에게 감사드린다.

주가 주신 능력으로 여기까지 걸어왔다. 부모님의 도움으로, 강태식 님 그리고 아이의 지지와 사랑으로, 동생들과 주고받은 농담 덕분에 여기에 있다. 깊이 감사드린다.

2018년 7월

서유미

| 수록작품 발표지면 |

에트르 ……『여성중앙』 2017년 6월호

개의 나날 ……『오늘의 문학』 2014년 겨울호

휴가 ……『현대문학』 2016년 3월호

뒷모습의 발견 ……『문학사상』 2013년 3월호

이후의 삶 ……『작가세계』 2014년 여름호

변해가네 ……『문장 웹진』 2014년 6월호(발표 당시 제목은 '망각')

모두가 헤어지는 하루

초판 1쇄 발행 • 2018년 7월 20일
초판 3쇄 발행 • 2020년 12월 8일

지은이 / 서유미
펴낸이 / 강일우
책임편집 / 이선엽
조판 / 박지현 박아경
펴낸곳 / (주)창비
등록 / 1986년 8월 5일 제85호
주소 / 10881 경기도 파주시 회동길 184
전화 / 031-955-3333
팩시밀리 / 영업 031-955-3399 · 편집 031-955-3400
홈페이지 / www.changbi.com
전자우편 / lit@changbi.com

ⓒ 서유미 2018
ISBN 978-89-364-3752-7 03810